ベリーズ文庫

迎えにきた強面消防士は
双子とママに溺愛がダダ漏れです

花木きな

STARTS
スターツ出版株式会社

目次

迎えにきた強面消防士は双子とママに溺愛がダダ漏れです

迎えにきた強面消防士は
双子とママに溺愛がダダ漏れです

一、運命のような再会

私、小早川桃花《こばやかわももか》が勤める洋菓子店のショーケースには、今日も彩り鮮やかなケーキが並んでいる。

店名『boîte à bijoux《ポワッタビジュー》』は、フランス語で〝宝石箱〟を意味し、そのイメージを再現した白壁に金と青の装飾を施した外観はとてつもなく可愛い。

内装はチョコレートを彷彿とさせるモロッカン柄の茶色を基調としていて、シンプルにまとめられがちなパティスリーとしては珍しく、他店とはひと味違っている。

製菓学校を卒業した二十一歳から、こだわりがぎゅっと詰まったポワッタビジューでパティシエとして働くようになって五年が経った。

ようやく暑さが和らいで、心地よい秋風が肌をくすぐるようになった十月中旬。これくらいからケーキは徐々に売れ始め、クリスマスシーズンにピークを迎える。

それと同時にスタッフが体調を崩しやすい時期のため、心配性の私はどこからか風邪などを拾ってこないように引きこもりがちになる。

つい三日前にも主婦のパートがインフルエンザにかかり、今週いっぱい休みになった。

華やかな雰囲気に反してパティスリーでの仕事は重労働だ。

三十四歳の男性店長はとても優しいし、スタッフ同士も仲がよく人間関係はいいと思うのだが、長く続けられない人が多く人手はずっと足りていない。

十六時を過ぎた頃、店舗の方が慌ただしくなり、厨房での作業を店長に任せて表に出る。

そう広くない店内には元気いっぱいの子どもふたりを連れた女性と、仲睦まじい様子の老夫婦、背が高くて体躯のいい、やや強面な男性ひとりがいた。

「いらっしゃいませ」

声掛けをしてお客さまの様子をうかがう。最初に並んでいたらしい老夫婦の接客にはパートスタッフが入ったので、私は残りの二組に目を向けた。

子どもたちは瞳をキラキラ輝かせてなにを選ぼうか真剣に悩んでおり、まだ時間がかかりそうだ。

男性はどうするだろうかと視線を移すと、子どもと女性の動向をうかがいながら遠慮がちにこちらへ近づいた。

百六十三センチある私がしっかりと見上げる形になるので、おそらく百八十センチはあるだろうか。健康的に焼けた肌は意外にも艶やかで、まっすぐに伸びた鼻梁と、少しつり上がった切れ長の二重はぱっと目を引くほど綺麗だ。

薄い唇はクールな印象があり、ダークアッシュに染めた短髪と合わせて落ち着いた雰囲気が漂っている。

端正な顔立ちについ見惚れていると、ショーウインドーを見つめたまま男性は口を開いた。

「モンブランと、シャインマスカットのショートケーキと、オペラをひとつずつください」

威圧感を与える見た目に反して物腰が柔らかだ。声は低すぎず高すぎず、聞き心地がいい。

「お持ち運びには、どれくらいのお時間がかかりますでしょうか?」

こちらの問いかけに顔を上げた男性は、視線を逸らして考え込んでしまった。

大体の目安でいいのだけれど。

真面目な性格か、もしかしたらこういう場に慣れていないのかもしれない。

「すぐそこの常盤《ときわ》総合病院まで、どれくらいかかりますか?」

聞き返してきた男性はいたって真剣な面持ちでいるので、なんだか可愛らしい人だなと自然と頬の辺りが緩んだ。

　徒歩で行ける距離ではないので、おそらく車で移動するはずだ。

「お車でしたら十分ほどでしょうか。保冷剤をお入れしますが、なるべくお早めにお召し上がりになってくださいね」

「そうですね。美味しいうちに食べます」

　多くのお客さまが「はい」という返事だけで終わるやり取りなので、思いがけない返答をもらって胸の奥底が熱く泡立った。

「ありがとうございます。そう言ってもらえると嬉しいです」

　私の笑みに、男性は柔和な笑顔を返してくれた。

　品物を箱詰めしていると元気な声が店内に響き、視線だけ動かすと老夫婦の接客を終えたスタッフが、楽しそうに笑いながら子どもと母親と対話している。

　普段は厨房にこもっている時間が多いので、こうして直接自分の作ったものを持ち帰ってくれる姿を目にできることに幸せを感じる。

「お待たせいたしました」

　箱を持ってレジへ移動し、お会計をしていると、不意に男性からの熱視線を感じて手を止めた。

不思議に思って小首を傾げたら、男性は我に返ったように気まずそうにしている。

子どもの頃にもこういう強い視線に晒された経験がある。

小学六年生の頃に事故に遭い、むちうちになって筋肉と靭帯を損傷してしばらく首を固定するサポーターを装着していたので、どこにいても周りから矢を射るような視線を注がれたのだ。

久し振りにあの日の出来事が脳裏に浮かんだところで男性が小さく咳払いしたことではっとし、静かに深呼吸する。

接客中なのだから他のことを考えていたらだめだ。

「これから、同僚の見舞いに行くんです」

先ほど病院へ向かうと聞いて、そうだろうなと想像はしていたので相槌を打つ。

「そうなんですね」

妙な空気になったので気を使って話題を提供してくれたのかもしれない。心配りができる親切な人だ。

「業務中の事故で入院したんですけど、来るならここのケーキを買ってこいと言われて」

「同僚の方は、普段から、うちのケーキを食べてくださっているんですか?」

「そうみたいです」

「えー、嬉しい！」

感激して、つい素の自分が顔を出してしまった。子どもっぽい反応をした自分が恥ずかしくなって顔に熱が集まってくる。そんな私を見守る男性は穏やかな微笑みを浮かべていて、大人の男性といった感じだ。

ベージュのシャツに黒のカーディガンを羽織り、黒のスラックスを穿いている姿からはなんの職種なのかまったく想像がつかないけれど、事故が起きるような環境なら現場仕事だろうか。

「同僚の方が一日でも早く元気になれるよう、私もお祈りいたしております」

「ありがとうございます。同僚にも伝えておきます」

「お客さまも、お仕事頑張ってくださいね」

目を弓なりに細めて笑った男性の優しい雰囲気に心がふわっと軽くなる。

いいな、こういう人。

相手に幸福感を与える笑顔は誰でも作れるわけではなくて、その人の性格に大きく左右されるはずだ。

彼のおかげでとても優しい気持ちにさせてもらえた。広い背中を見送って厨房に戻り、すぐに作業を再開する。

これくらいの時間から店は落ち着き始めるので、翌日の予約状況を確認して仕込み作業を進めていると時間はあっという間に過ぎていった。

「ももちゃん、もう上がっていいよ」

店長に声を掛けられて厨房にある壁掛け時計を確認すると、いつの間にか十九時を回っていた。

労働条件が厳しい業界ではあるが、休憩を含め平均して十二時間拘束のポワッタビジューは他と比べてかなり短い方だし、休日も月に八回あって環境はいい。

「新商品の開発がしたいんですけど、いいですか？」

からっとした口調で願い出ると店長は苦笑いをこぼした。

先ほどの男性客ほどではないが、百七十七センチあって肩幅が広くがっしりしている店長は、最近若白髪が気になるからと髪色をかなり明るく染めている。

色白の目もとには隈が目立つが、穏やかで元気な性格だからか疲労感はそこまで伝わってこない。

働き始めてわりとすぐから〝ももちゃん〟と親しみを込めて呼んでくれている。面接の際に、ケーキによく使う桃にちなんだいい名前だと、褒めてもらえたのが今も印象深く残っている。

「大丈夫か？」

私より店長の方が比べ物にならないくらい大変で、心配されるべき立場なのに。

こうして他人を気遣う人柄に惹かれ、彼のもとで学びたくてここに就職したのだと、日常的に思い出させてくれる。

「倒れて迷惑はかけないので、ご安心を」

おどけた調子で笑って返すと、店長は複雑そうな表情になりながらも好きにさせてくれた。

自分が考えた商品がショーケースに並ぶなんて、パティシエとしてこんなに名誉なことはない。つらい下積み時代を三年経験してようやく一人前となり、今ではいろいろな場面で私を信用して任せてもらっている。

二十一時まで集中して作業をし、ようやく帰路についた。

四年前からひとり暮らしをしているマンションは1Kで、洋室は九畳ほどあり十分な広さだ。

ドアを開けると自動で点灯する蛍光灯はすでに点いており、同居猫である一歳のラグドール、雌のムウが「にゃあー」と寝起きの間延びした声で出迎える。

白と茶色の毛並みで、茶色の部分がチョコレートムースみたいな優しい色合いだからムースと名付けた。しかし一緒に生活していくうちに呼びやすいムウに変化していき、今ではこの呼び方にしか反応しない。

ずっと実家で暮らしていたので急にひとりになるのが寂しく、姉の紹介でブリーダーから譲ってもらった。

あと、私がきちんと家に帰らなければムウの生活に支障があるので、無理な働き方をしなくなるだろうという理由も含まれている。

「ムウ、ただいま。ご飯食べた？」

時間になったら給餌器からキャットフードが自動で出てくるようになっているので、突発的な出来事で家に戻れなくてもそこは安心している。

部屋の明かりをつけてボウルを見ると、ほんの少ししか減っていない。

どうしたのだろう。

キャットフードを手で触り、匂いを嗅いだ限りではとくに異常はなさそうだ。

「ムウ？　どうしたの？」

屈んだ私に身体をこすりつけているムウの額をそっと撫でると、瞳の周りが涙やけを起こしているのに気づいてはっとする。そこでムウがクシュっと音を立ててくしゃみをした。

風邪をひいたのかもしれない。ここ数日で朝晩と冷えるようになったにもかかわらず寝具はまだ夏仕様になっている。もちろんムウのものもそうで接触冷感マットを出したままだ。さすがにここで寝ているところは目にしていないが、引き取った頃からムウは私と一緒には寝ないし、暖の取れるものは必要だったはず。

「ごめんね」

不幸中の幸いと言うべきかわからないけれど、明日はポワッタビジューの定休日なので、朝一番で動物病院に連れていける。

ひとまずムウが温かく過ごせるようにクローゼットからブランケットを引っ張り出し、明日に備えて急いで身支度を整えた。


翌朝になってもやっぱりムウの食欲は回復せず、マンションから歩いて十分ほどのところにあるかかりつけの病院へ向かう準備をする。

胸まで伸びたミルクティーベージュに染めた髪をひとまとめにして、グレーのロングTシャツにカーキのパーカーを羽織り、流行りのパールがついたデニムを穿く。歩きやすいように白のスニーカーを合わせて、全体的にカジュアルな雰囲気にした。

ムウのキャリーケースの取っ手に、先日百円ショップで購入した茶色のベロア生地のリボンを結びつける。

「ムウちゃん、可愛くなったよ」

そんなのどうでもいいと言うように、キャリーカートに入れられたムウは不機嫌な声で鳴いた。

とても人気があるうえに予約をしていないので、少なくとも一時間は待つだろう。

病院で受付を済ませ、椅子に腰掛けて時間をやり過ごしていると、そう広くない待合室に背の高い男性が入ってきた。リュック型のキャリーバッグを背負っており、ドーム型の小窓からは猫の姿が見えた。

あれ、いいな。私でも背負えそう。

ムウは六キロあるから持ち続けることができずにキャスターがついたキャリーカートを買ったが、振動や音がムウに伝わって可哀想だとは思っていた。

商品を検索するためスマートフォンを操作していると、視界の隅に男性の靴が入り込み、距離の近さに違和感を抱いて顔を上げた。

男性と目が合い、ふたりの間だけ時が止まったかのような空気が流れる。

「ケーキ屋の……」

遠慮がちに尋ねてきた男性に、こくこくと首を上下に振って囁き声で返事をする。

「そうです。昨日の方ですよね？」

「はい」

会話をしている人はほとんどおらず、テレビモニターから流れてくる音声だけが響いているから喋りづらい。

男性が丁寧な所作で床に下ろしたキャリーバッグを覗き込むと、白とグレーの毛並みで、小さな耳はぺたんと折れ曲がっている愛らしい子がいた。

「スコティッシュフォールドですか？　可愛いですね」

ブリーダーからたくさんの子たちを紹介されたので、猫の品種には詳しくなった。

嬉しそうにふわっと笑った男性がムウに視線を移す。

「その子は？」

「ラグドールです。知っていますか？」

「ああ、ラグドールか。やっぱり大きいな」

ラグドールは雄だと十キロの子もいるような品種で、私は大きい子の方が存在感と安心感を得られるのでムウをパートナーにした。

興味深そうにムウを観察している男性は、昨日も思ったが鼻が高くて横顔がとても綺麗だ。それに黒のハーフジップトレーナーにワイドパンツという今日の服装も、昨日に引き続きスマートに着こなしていて清潔感がある。

私はファッションが好きなのでついこういう部分に目がいき、お洒落な人を眺めているだけで楽しい気持ちになれる。

ニット系は猫の爪で引っ掻かれたら一発アウトだし、ちゃんと防御しているのだろう。

私の熱視線に気づいたらしい男性が不思議そうに首を傾げたので、笑顔で誤魔化す。

昔から社交的な性格だし、接客業のおかげで面識のない人とでも難なく話せる。でも彼は人見知りをするタイプかもしれない。目に見えない壁があるというか、緊張感が少し伝わってくる。

「六キロありますよ」

「凄いな。筋トレになりそうだ」

その発想はなかった。大きな声は出せないので口に手をあててクスクスと笑う。

「ムウちゃーん。小早川ムウちゃーん」

呼びかけに返事をして立ち上がり、男性に会釈をして診察室に入る。もっと待つかと覚悟していたが四十分しか経っていない。

診断結果は予想通り風邪で、栄養注射を打ってもらい、抗生剤を処方された。

待合室に戻ると男性の姿はなく、何故か肩透かしを食らったような気持ちになっているとすぐに呼び出しがあって会計を済ませる。

キャリーカートを持って外へ出ると、暖かい日差しが降り注いでいて目を細めた。

いい天気でよかった。風も吹いていないし散歩日和でムウも寒くないはず。

帰ろうと一歩踏み出したところで病院の扉が開いた。反射的に振り向き、出てきた人物に驚きの声を上げそうになる。

「同じタイミングだったな」

「そうみたいですね」

彼とはとにかく縁があるらしい。

「歩き？」

「はい。そちらも？」

「名乗っていなかったな。宗宮橙吾《そうみやとうご》だ」

急に自己紹介をされて呆気に取られつつも、僅かな時間で自分に心を開いてくれたのを嬉しく感じる。

「小早川桃花です」

こちらも自己紹介をすると、宗宮さんは『わかった』とでも言うように小さく頷く。

「俺も歩きなんだけど、方向が同じなら一緒に帰ろう」

「えっと……ポワッタビジューの方へ」

「一緒だ。行こうか」

唐突な誘いだったが嫌な気持ちはほんの少しも抱かず、むしろまた話ができて心が浮き立つ。

製菓学校時代の友人は同じような環境で忙しいし、それ以前の友人とは休みが合わず会えていない。だから日常的に会話をするのは四歳上の姉くらいだ。

接客業とはいえ会話の内容は限られるし、私、人と接することに飢えていたのかも。

何気ない会話でも楽しめている自分を客観的に見て、たまには息抜きに誰かと会うのも必要なのだろうな、という気づきがあった。

「桃花さん」と呼ばれたので、流れで私も「橙吾さん」と、下の名前で呼ぶことにした。

私より六歳上の三十二歳だそうで、実家を出て猫一匹とマンションで生活をしているそうだ。

猫は雄の三歳で、元々は実家でお迎えした子だったのだが、母親が猫アレルギーを発症し、加えて喘息を患っていたので橙吾さんが引き取ったらしい。

「名前はグリ」

「もしかして、フランス語でグレーが〝グリ〟だからだったりします？」

グレーの毛並みの猫なので、頭にぱっと浮かんだことを口にすると橙吾さんは目を丸くした。

「どうしてわかった？」

まさかの正解だった。

「ポワッタビジューもフランス語なんですよ。パティスリーもそうですし、ケーキやお菓子はフランスと密接な関係があるので」

「なるほど。何気なく使っている言葉で気に留めていなかったけど、どれもフランス語だな」

新しい発見をしたような口調だ。六歳下である私は彼にとって子どものような存在なのかもしれないのに、そんな年下の話に耳を傾ける姿からはおおらかな性格なのがうかがえる。

続けてムウの名前の由来を説明する。グリは彼の父親が名付けたそうで、愛着はないときっぱり言い放つあたりがさっぱりしていて気持ちがいいなと笑ってしまった。

「グリちゃん、どうされたんですか?」

「予防接種。ムウちゃんは?」

「風邪を引いちゃって」

キャリーカートに目を向けて唇をきゅっと結んだ。

私の管理不足でつらい思いをさせた。

「早くよくなるといいね。桃花さんも体調には気をつけて」

予期せず気遣われ、驚きから言葉に詰まる。

「共倒れしたら大変だろう。それにパティシエは重労働だと、知り合いに聞いた」

「ありがとうございます。気をつけますね」

過去に交際したのは同年代の人だけだし、店長を除いて学生時代から今日まで大人の男性と接する機会はほぼなかった。

彼についてなにも知らないのに、包容力を感じるし、話していて安心する。

会話が途切れても気にならないくらい橙吾さんがまとう空気は柔らかい。

「クリスマスシーズンは、とくに忙しいんだろうね」

その通りなので小さく頷いた。

「三カ月前にパティシエのひとりが辞めて、今は店長と私しかケーキを作る人がいないんです。でも来月から新しい人が入ってくるので、クリスマスシーズンに間に合ってよかったです」

普通なら興味がなさそうなうちの店の事情などに、橙吾さんは真剣に耳を傾けている。

「桃花さんは、毎年恋人と過ごせないのか」

橙吾さんが何気ない感じで呟いたので思わず苦笑した。

「もうずっといないので、関係ないですね」

「そうか、俺もだ」

モテそうなのに恋人がいないのは、私と同じように仕事が忙しくてプライベートの時間があまりないからだろうか。

「今日はお休みですか？」

「昨日は非番で、今日は公休日なんだ。消防の仕事をしている」

「消防士さんなんですね」

じゃあ、あの燃え盛る炎の中で人命救助を……。

過去の出来事や様々な感情が大波のように押し寄せて、胸がざわざわと騒いで急に落ち着かなくなる。

できれば思い出したくないし、ニュース番組ですら火災現場は目にしたくない光景だ。それなのに現場の最前線で活動する彼とこうして歩いているなんて、これもまた、彼とは縁があるというべきなのか。

暗くなった気持ちを切り替えて、口角をぐいっと上げて隣を見上げた。

「大変なお仕事をされているんですね。同僚の方は、その後経過はどうですか？」

「順調に回復しているよ。それに俺自身は、仕事が大変だと感じていない」

「凄いですね……」

ありきたりな褒め言葉に聞こえただろうけれど、私としては心の底からの本音だ。

「桃花さんは定休日以外にお休みはある？」

「シフト制なので決まった曜日ではないですけど、週休二日です」

「そうか。きちんと休めているのならよかった」

優しさに胸が温かくなる。他人にも寄り添える橙吾さんは消防士に適任なのだろう。

業務について詳しくは知らなくても、そんなふうに思う。

「これ、話すか迷ったんだけど……」

声の調子と共に、歩調も落とした横顔を眺めながら続きを待つ。次第に橙吾さんがまとう雰囲気が変わっていき、言葉では表現しがたい空気に緊張感を覚えた。

なにを言われるのだろうと耳にまで響いてくるほどの拍動を感じていると、橙吾さんは足を止めて私と向き合った。

「桃花さん、小学六年生のとき、遊園地で事故に遭っているよね」

驚きで一瞬頭が真っ白になった。

「アトラクションに不具合が起きて、乗っている最中に急停止して、怪我人が多数出た」

まるで物語の朗読をしているかのような落ち着いた口調だ。

「俺も乗っていたんだ」

「えっ」

衝撃的な事実をすぐに受け入れられなくて頭が激しく混乱する。

橙吾さんも、あの事故に……。

十四年経った今でも、いまだにふとした瞬間に凄まじい情景が脳裏に浮かんだりする。しかしまだ十二歳で精神的に幼かった私は、激しいパニックを起こしていたので人の顔を見る余裕がなかった。

六歳差だから橙吾さんは高校三年生だったはず……もしかして。

急に当時の記憶が雪崩のように押し寄せ、胸に圧迫感を抱いて浅い息をつく。

「面影のある桃花さんの顔を見て、あのときの女の子かもしれないと思ったんだ。今日名前を聞いて、やっぱりそうだったって、驚いたよ」

「え、本当に、あのときの……」

絞り出した声が掠れていて咳払いする。

小学六年生だった私は、冬の寒さが厳しい中、姉とふたりでとあるアミューズメントパークに出掛けた。

四歳上の高校生の姉が一緒とはいえ、子どもだけで遠出するのが初めてでとにかく嬉しくてわくわくしていた。

開園と同時に入って、まだお昼ご飯を食べる時間にすらなっていなかったときだった。アミューズメントパークの顔となっている大人気のジェットコースターに乗ったのだが、二週目に差し掛かる頃に緊急停止したのだ。

高さ六十メートルの場所で取り残されたうえに、停止したときの反動で前のめりになった私はむちうち状態になり、のちにわかったのだが損傷部位が悪かったせいで事故直後から激しい吐き気と頭痛に襲われた。

気持ち悪さからえずいていると、前に座っていた子連れの母親がビニール袋をこちらに投げてくれた。しかしベルトで固定されているせいでうまく飛ばず、無情にも地上へと落下する。

『これ使って。それに吐いてもいいから』

背後から聞こえた男性の声に反応した姉が必死に上半身を捻り、受け取ったのが黒色のパーカーだった。

男性が片方の袖を握り締めてこちらへ振り下ろし、反対の袖を姉が掴んで手繰り寄せたらしい。

姉によって肩にかけてもらったパーカーは温かく、男性の優しさが伝わって余計に泣いてしまったときの感情の昂りは今でも鮮明に覚えている。

「あのパーカーの人が、橙吾さん？」

「そうだよ。俺は友達と卒業旅行中だったんだ。一生記憶に残る、忘れられない一日になった」

苦笑いをこぼす橙吾さんからは、事故からの影響を受けているようには見受けられない。

私は事故があってから遊園地という場所自体が苦手になった。のちに部品の一部に不具合があったと説明されたので、信用できなくなったのもある。

レール横の階段を歩いて避難したが、その際に男性がずっと励ましてくれていたのは鮮明に覚えている。

『大丈夫だよ。落ち着いて、ゆっくり歩こう』

優しい声で、私の頭にそっと手を置いて撫でてくれたんだよね。

自分だって大変なめに遭っているのに、私を心配する姿に胸を打たれて、違う意味で涙が溢れてさらに迷惑をかけた。

「あのとき君を助けたかったのに、なにもできなくて。やりきれない気持ちだった」

「そんな、私は……」

「駆けつけた消防隊に桃花さんが救助されるのを目の当たりにして、俺もこういうときに人の助けになりたいと思ったんだ。それから消防士を志すようになった」

口を挟む余地がないくらいに語る橙吾さんの瞳は、芯の強さを感じさせた。

パーカーを貸してくれた男性の存在がどれほど私に安心感をもたらしたか、うまく伝えられたらいいのに。

アトラクションに乗車していた全員がなんらかの怪我を負っていたと、のちにニュースで知った。

橙吾さんは私と同じように怪我を負っていたにもかかわらず、取り乱すことなくずっと冷静でいたのだ。

消防隊員が各々の名前を確認していたときも、私の名前を記憶するくらい余裕があったってことだ。

あの状況下で消防士へ憧憬の念を抱くような精神的な余裕からも、彼は消防士になるべくしてなったのだろうと頷かずにはいられない。

「怪我をしていたし、桃花さんがその後どうなったのか、ずっと気になっていた。だから昨日、ひと目見てすぐにあのときの女の子かもしれないって思ったんだ」

そんな……もう十二年経っているのに、私のことを覚えていて心配までしていたなんて。

当時から変わらず優しくて、他人を思いやれる人なのだろう。

「お世話になったのに、言われるまで気づかなくてすみませんでした。事故のとき、ずっと気にかけてくれて、ありがとうございました」

感謝と謝罪の両方を込めて深々とお辞儀をする。

「勝手に俺が思っていただけだから、気にしないでほしい。こうして再会できてよかった」

頭を上げると橙吾さんが穏やかな表情をしていた。その微笑みに心臓が大きく鼓動を打つ。

胸がそわそわして、なにか言わなければと言葉を探していると、ムウがいつもより低い声で鳴いた。

「ごめん。窮屈だよね」

ムウに謝ると今度はグリちゃんが訴えるような長めの声を出したので、どちらともなく顔を見合わせて笑う。

「怒られちゃったな」

「そうですね」

猫のあるある話などをしているうちにポワッタビジューの近くまでやってきて、幹線道路の横断歩道を前にして足を止める。

「私はこっちに」

「俺はあっちだ」

互いが示した方向は反対だった。手を広げてひらひらと振ると橙吾さんも穏やかな笑顔と共に返してくれて、別れ際にとくになにかあるわけでもなく流れるように解散した。

立ち話をしていたせいか外気に晒された身体が冷えていて肩を震わせる。

橙吾さんと一緒にいるときはまったく気にならなかったのに。

夢心地のような度重なる偶然によって彼と過ごした時間が、ひとりになった今になってじわじわと実感を引き連れてきている。

心地いい余韻に浸りながら再び歩みを進めた。

二、近づく心の距離　side橙吾

午前八時過ぎ。ロッカールームで消防救助機動部隊、通称ハイパーレスキューの象徴であるオレンジ色の活動服に袖を通していると、昨日退院したばかりの佐橋《さはし》が隣にやってきて自身のロッカーを開けた。

「橙吾さんおはようございます」

佐橋は震災被害で救助にあたっていた際に、運悪く堆積物《たいせきぶつ》に足を取られて横転し骨が折れたのだ。

「おはよう。今日からか」

桃花さんと動物病院で遭遇してから早くも二週間が経つ。

三週間の療養をした佐橋の顔が少し丸くなっているのは理解できるのだが、何故か目の下が青黒くなっていて首を傾げた。

「隈がひどいけど、どうした？」

佐橋は着替えながら苦笑いをこぼす。

「身体を動かしていないから体力が有り余って、寝つきが悪かったんです」

百七十センチなのでそこまで背が高いわけではないが、骨格がしっかりしていて筋肉量もかなり多い。

食べて寝てを繰り返し、そのうち睡眠が足りすぎて眠れなくなったというわけか。

「橙吾さんしか見舞いに来てくれないし、筋トレもできないし、身体を動かさずにできる趣味も持っていないし、暇で仕方なかったです」

二十九歳の佐橋は消防救助機動部隊の選抜試験に合格したのが去年で、同時期に恋人と別れている。生活リズムが合わず、あなたとの将来を考えられないと言われたそうだ。

彼女の言い分はわからなくはないけれど、相手を幸せにするために仕事を変えるなんてできないし、だったら別の人と安定した生活を送ってもらうのがいいと俺は思う。まあ、そんな考えだから長らく女性とのかかわりがない。

「なまっていそうだから、今日は無理するなよ」

「そうします。ありがとうございます」

事務室に入ってすでに出勤している同僚たちに挨拶をし、早々と外に出て車庫の前に並んだ。佐橋も同じようについてくる。

「ところで、ケーキ屋のあの子はどうなりました？」

業務開始は八時半からなので、まだ人は集まっていない。とはいえ気を使っているのか、佐橋は俺にしか聞こえない囁き声だ。

「翌日、動物病院で会った」

「え！　そんな偶然あります？　運命じゃないですか」

「そんなロマンチックなものじゃない。ただ、例の子で間違いなかった」

ケーキを買って病院に見舞いへ行った日、桃花さんについての話を聞いてもらったのだが、女性についての話題を持ちかけたのが初めてだったので佐橋はひどく驚いていた。

誰かに聞いてもらいたい衝動が抑えられないくらい気持ちが昂っていたのだ。

「向こうは覚えていたんですか？」

「詳しく説明したら、思い出した」

一方的に俺だけ彼女の過去を覚えていることになんともいえない気持ちになっていたし、ためらいを振り切って話してよかった。

「動物病院で会って、少しは仲良くなれました？」

「他人から知り合いに昇格したくらいだ」

淡々と答えると、佐橋は不満げな声を漏らす。

「なんですかそれ。もっとアグレッシブにいきましょうよ」

「別に彼女とどうにかなろうとは……」

言いかけて口をつぐむ。

本当にそうだろうか。ケーキ屋で会った日から、ことあるごとに彼女について考えている。

女性として好きなのかと聞かれたら正直よくわからない。ただ彼女がどんな人生を歩んできたのか、今はどのように生活しているのかが気になっている。

「そういえば退院祝いもらってないなぁ。ポワッタビジューのケーキが食べたいなぁ」

隣で俺の顔色をうかがっていた佐橋がわざとらしい発言をするので、つい笑ってしまう。

「そこはおまえが快気祝いを贈るんじゃないのか。まあいい。明日、仕事が終わったら行ってみるか」

「ショートケーキをお願いします！」

意気揚々と右手を挙げて敬礼のポーズをとった佐橋の背後から、隊員たちが続々とやってきた。

消防士たちの一日は、先ほどまで勤務していた隊員たちから連絡事項を引き継ぎ、今日の業務を確認する大交替から始まる。

活動は消火だけでなく、救急、救助、防災、予防など、大きくわけて五種類ある。

災害に対する安全性をチェックする予防業務を担当する職員は、毎日勤務が適用されて土日休みとなったりするが、俺や佐橋のようなハイパーレスキューは緊急の要請があればいつでも出動しなければならないため、五人一組のチームで、交替しながら二十四時間三百六十五日体制で勤務している。

午前九時になり、車両や装備品などの点検を行い、異常がないかの確認をし、トレーニングを行う。この時間を利用して身体をほぐしておくことで、スムーズな初動に繋げられるのだ。

何事もなく昼休憩に入って食事を取り、午後から訓練プログラムに入ったときだった。ピー、ピー、と出動指令音が署内に流れた。運転を担う救急機関員が位置を確認するために通信室へ急ぐ。

「行くぞ」

同じチームの佐橋を促し、俺自身も消防車に乗り込み現場へ急行した。

要救助者は怪我を負っていたものの命に別状はなかったし、火災被害も最小限で抑えられたとはいえ一瞬たりとも気が抜けない状況だったため、無事に消火と救助活動が終わった頃に襲ってきた倦怠感は凄かった。

署に戻ると空では夕暮れが始まっていて、その情緒ある雰囲気がまた疲労を引き連れてきた。

隊の全員が集まり、伝達事項や各種災害での活動の検討などを実施し、事務処理を終えて夕食でお腹を満たし、入浴を済ませると仮眠をとることができる。

「今日はよく眠れそうです」

佐橋が大きな欠伸をしてすぐにベッドで横になった。

夜間は交代で通信勤務につき、災害発生時に迅速に対応できるようにしている。もちろん要請が入る場合がほとんどなので、ぐっすり眠れるなんてことはない。

それでも休息を取らなければいざというときに力を発揮できないので、少しの時間でも睡眠を取るように心がけている。

グリはちゃんと眠れているだろうか。桃花さんの話を聞いてから、俺もグリが風邪を引かないようにヒーターをセットしたけれど、今晩は暖かいので逆に暑くて寝床で寝転べていないかもしれない。

明日は一度帰宅してからケーキ屋に行くつもりだが、佐橋はついてくるのだろうか。冗談なのか本気なのか、さっぱりわからない。

そんなことを考えているうちにいつしか深い眠りに落ちていた。

目を覚ましたのは要請がかかった早朝の五時台だった。高速道路内で事故車両から油の流出があり、処理に向かって署に再び戻ってきた頃には朝日が昇っていた。ちょうど起床時刻の六時半になっていたので、出動信号のテストを行い、掃除、車両と車庫の点検をする。そうこうしているうちに八時半になり、今日の勤務につく隊員に連絡事項を伝えて勤務を終えた。

ロッカールームで着替えている俺の隣で、佐橋は相変わらず大きな欠伸をしている。

「無理です、橙吾さん」

「なにが」

唐突に呻くような弱音を吐いた佐橋に呆気に取られる。

「眠すぎて、ポワッタビジューに行けなさそうです」

「いいんじゃないか、また今度で」

療養中にだいぶ増量したみたいだし、むしろ甘いものは控えて身体を引き締めた方がいいはずだ。

淡々と返すと、佐橋は眉間にぐっと皺を寄せた。

「俺が連れ出さなきゃ、橙吾さん、あの子に会いに行かないじゃないですか」

「子どもじゃないんだから、ひとりでも行ける」

きっぱりと言い切っても疑わしい視線を注いでくるものだから、小さく息をついた。

「帰って少し仮眠を取るだろう？　昼過ぎにケーキ持っていくから、それまでには起きていろよ」

「さすが橙吾さん。待ってますね」

調子がいいやつだ。

呆れてそれ以上なにも言えずにいる俺の横で、佐橋は機嫌よさそうに口笛を吹いていた。


玄関の扉を開けると、丸一日の外出に対して怒っているのか、はたまた出迎えてくれているのか、グリは落ち着かない様子でしきりに鳴いている。

「ただいま。留守番させて悪かったな」

その場で屈んで頭や頬をしばらくの間撫でると、満足したらしいグリはくるりと回って俺に背を向けた。

グリのゆったりとした歩調に合わせて一緒にリビングへ入る。

出勤前に脱ぎ捨てたルームウエアや、シンクに置きっぱなしにしてあったプロテインのシェイカーなどを片付けてひと息つく。

勤務先が異動することもないだろうし、三十歳のときに分譲の低層マンションを購入した。

いろいろ迷ったが、タワーマンションと比べて災害に強く安心して暮らせるという部分に一番惹かれた。閑静な住宅街で高層建築物は建てられないというルールがあるので、日当たりは確保されている。

そういった部分を優先したあたり、桃花さんに話したように仕事はつらくないとはいえ、心のどこかで癒しを求めているのかもしれない。

大は小を兼ねるので3LDKにしてみたが使い道がなく、ひとつはトレーニングルーム、もうひとつはグリの巨大なキャットタワーを置く部屋になっている。

気怠さはあるが昼寝をすると夜に眠れなくなるかもしれないので、インターネットで国内外の情勢を確認し、気になっていた映画を観て時間をやり過ごす。

正午になってからシャワーを浴びて身支度を整え、ポワッタビジューへ向かった。

店内へ入ると店員がひとりいて、桃花さんの姿はない。

もちろん会える確証はなかったしその心づもりでいたのだけれど、できれば会いたかった。

佐橋から頼まれているショートケーキ以外になにを買おうかとショーケースを眺める。商品名の下に簡単な説明が記載されているので、ケーキに詳しくない俺にとっては助かる。

悩んでいると、自動扉が開いて別の客が立て続けに二組入ってきた。この前来たときも数名の客がいたし、人気店なのがうかがえる。

店内の空気が賑やかになると奥から颯爽と桃花さんが現れた。思わず動きを止めて彼女をじっと見つめる。

桃花さんはすぐに俺に気づき、目を弓なりに細めて笑った。

マスクをしていても感情がわかりやすく伝わるくらい表情が豊かで、普段強面ばかりに囲まれて働いている身にはこれだけで心が和らぐ。

桃花さんに近づくと、透き通るような綺麗な瞳が俺を見つめた。普段緊張なんてしないのに何故だか身体が硬直する。

「こんにちは。またいらしてもらえて嬉しいです」

「ムウちゃんの風邪は治った？」

くりっとした目を大きく開いたあと、桃花さんは首を上下に動かす。

「元気になりましたよ。同僚の方は？」

「退院したよ」

「それはよかったです」

もっと話をしたいけれど、これ以上は彼女に迷惑がかかるだろう。ショートケーキとガトーショコラのふたつを頼んだ。

「あの、グリちゃんって、決まったご飯食べていますか？」

脈絡なく問われ、意表を突かれつつも答える。

「グリは飽きっぽいから定期的に変えている。そうしないと食べてくれないんだ」

「ご迷惑でなければ、うちに余っているキャットフードもらってもらえませんか？　間違えて注文しちゃって、捨てるのはもったいないし、困っていて」

本当に迷惑になるかもと思っているのか、桃花さんの口調はどこかぎこちない。

「もらえるのなら助かるけど」

「よかった！　グリちゃん気に入ってくれるといいな」

わりと普通に会話を繰り広げているので、大丈夫なのかと他の客をちらりと見ると、そっちはそっちでもうひとりの店員と和気あいあいと話し込んでいた。客とのコミュニケーションを大切にしている店なのかもしれない。

「十九時には終わるんですけど、都合いい日ってありますか？」

片手を口に持っていって、こそこそ話をする姿が可愛らしい。

「今日か、明後日なら」

桃花さんは顔を上げて宙を見る。どうするか悩んでいるようだ。

瞳を縁取るまつ毛が長いな、とぼんやり眺めていると、すっと姿勢を正した桃花さんとまっすぐ視線が絡む。

「今日でもいいですか？　店の前まで来てもらうか、もしくは別の場所でも……」

桃花さんが話している途中で、また別の客が入ってきて店内の空気が動く。俺たちと同じように会話を続けていた隣の客は、すでに会計を終えていたようですぐに立ち去った。

桃花さんはケーキを手際よくショーケースから出して箱詰めをする。会計をしているときに、「ここに来るよ」と端的に伝えて名刺を差し出した。

現場の部隊で勤務するため普段はほとんど使わないが、ごくまれに消防法違反がないか建物の立ち入り検査業務をするときがあり、その際に相手側へ渡したりする。

財布に入れておいてよかった。

桃花さんは両手で名刺を大切そうに受け取ったあと、安堵したように微笑んだ。

挨拶をして店をあとにし、その足で佐橋の家に向かう。

佐橋もひとり暮らしをしていてすぐ近くに住んでいるのだが、職場で頻繁に顔を合わすのでプライベートで会うことなどほとんどなく、マンションを訪ねたのは片手で数えられる程度だ。

インターフォンを押して呼び出し、オートロックを開錠してもらって部屋へと移動する。目と鼻の先までやってくると、タイミングよく扉が開いて佐橋が顔を覗かせた。

「わざわざ来てもらって、すみません」

頭に寝癖を作り、上下スエットを着ている佐橋の胸の前にケーキの箱を差し出す。空いている手で受け取った佐橋は白い歯を見せて笑った。

「ありがとうございます。ちゃんと買ってこれたんですね」

「当たり前だろう」

「散らかっていますけど、どうぞ」

佐橋が扉を大きく開けて中へ促したので、すぐ帰るつもりだったがせっかくなので寄っていくことにした。

過去に付き合っていた女性と同棲をしていた部屋のままなので、ひとりなのに2LDKという広さだ。人のことは言えないが。

リビングに通されて、ローテーブルを前にしたソファに腰掛ける。温かい珈琲と、皿にのせたケーキを運んできた佐橋はカーペットに座った。

「例の子いました？ そういえば名前なんていうんですか？」

俺と桃花さんの関係に、やけに興味津々だ。昔はよく交際相手の相談をされたし、そういう話が好きなのかもしれない。

「小早川桃花」

「へえ、可愛らしい名前ですね」

消防隊に救助される際に、鼻声で名乗っていた桃花さんの姿を思い出す。目鼻立ちが整っている女の子だったが、あそこまで綺麗な女性になっているとはさすがに予想していなかった。

「それで、桃花ちゃんと会えたんですか？」

佐橋は早速ショートケーキを食べている。俺はまず珈琲が入ったマグカップに口をつけた。

「会えたよ。キャットフードを間違えて買ってしまったから、夜にもう一度会って、譲ってもらう予定になっている」

「それって」

佐橋は中途半端に言葉を切った。なんとなく考えていることがわかって先に口を開く。

「お礼に、食事に誘うつもりだ」

「おおお」

素直な反応をした佐橋のショートケーキはもう三分の一しか残っていない。俺も食べようとガトーショコラにフォークを刺す。

パティシエの仕事について、断片的に聞いているだけでも頑張りすぎていると感じるのに、桃花さんは一切愚痴をこぼさず、それどころか仕事が楽しくて仕方ない様子だった。

消防士もけっして楽な業務ではないので、体力的につらく、危険と隣り合わせで心が休まらないなどの不満はよく耳にする。

だから桃花さんの前向きな姿勢は好感が持てるし、一緒にいたら自分の向上心も上がるような気分にさせられた。

口に含んだガトーショコラのほろ苦い甘みが、疲れた身体にじんわりと沁みる。

「楽しみですね」

そう言う佐橋の方がにやにやしていて楽しそうである。

「それにしても美味しいなぁ。今度直接感想を伝えたいので、紹介してくださいね」

最後のひと口を食べきった佐橋は満面の笑みでお腹をさすった。

この笑顔を桃花さんが見たら喜ぶかもしれないし、機会があれば本当に会わせたい。

「ケーキを食べたら、お腹が空いてきました。鰻食べに行きましょう」

「なんで鰻なんだ」

「ラーメンがよかったけど、デート前ですからね。活力がつきますよ」

今度はひひひっと、佐橋は子どもがいたずらをするときのような声を出す。

もう大の大人だというのにいつまでも無邪気な奴だ。

苦笑しつつも、適度に気配りができて、桃花さんに興味を持ちながらも必要以上に深く突っ込んでこないあたり、いい後輩を持ったなと思う。

「さあ、行きますよ」

「ラーメン屋じゃないんだから、もう少しまともな格好に着替えろ」

勢いよく立ち上がった佐橋を見上げて指摘する。

「あっ」

自分が上下スエットなことを忘れていたらしい。慌ただしく準備を始めた佐橋を横目に、桃花さんから連絡が入っていないかとスマートフォンを確認したが、なんの知らせもきていなかった。

日が落ちると気温はぐっと下がり肌寒くなる。ロングTシャツから薄手のニットに着替え、ポワッタビジューへ足を向けた。

待ち合わせ時間までになにかしら連絡がくるだろうと踏んでいたのに、結局音沙汰はなかった。

十九時ちょうどに着き、店舗から少しだけ離れた場所で待っていると桃花さんが店舗から出てきた。

きょろきょろと辺りを見回したあと俺の姿を見つけ、小走りで近寄ってくる。

「お待たせしました。わざわざ来てもらって、ありがとうございます」

この前とは全然違う雰囲気の、白色のロングスカートにベージュのざっくりとしたニットがとても似合っている。

「もらうよ」

桃花さんが右手に持っている大きな紙袋に手を差し出す。

「すみません。重たいですよ」

渡された紙袋を持って中を覗く。買ったことのないメーカーのキャットフードだが、人気があってよく目にするものだ。

「二キロくらいだろう。グリより軽い」

「あっ、たしかに」

桃花さんは愉快気に笑う。

「もらい手が見つかるまで持ち歩いていたのか？」

「お昼休憩に、取りに戻りました」

それなら桃花さんを家まで送り届けたときに受け取ったのに。先に伝えておけばよかった。

「ムウはサーモンとか、魚しか食べないんです」

「これは？」

「チキンです」

グリは食いしん坊で基本的になんでも食べるから問題ない。

「お礼にご飯をごちそうしたいんだけど、誘ったら迷惑？」

勤め先の目の前で立ち話をするのは迷惑だろうと、会話もそこそこに切り出した。

桃花さんは目を丸くして、「えっ」と普段より低い声をこぼす。明らかに戸惑っている様子だ。

「迷惑とかは、まったくないですけど……ごちそうになるのは申し訳ないので、普通にご飯に行きませんか」

眉尻を下げて声量を落とした桃花さんは、まるで哀れみを感じさせる子犬のようだ。

薄々感じていたけれど、気を使う性格なのかもしれない。

「食べたいものはある?」

うーん、と首を傾けた桃花さんは、そのままバランスを崩してよろめいた。天然なのだろうか。

あはは、と恥ずかしそうに笑ってから背筋を伸ばし、気まずい空気を蹴散らすように両手をぱんっと胸の前で合わせる。

「ラーメンが食べたいです」

斜め上の回答に呆けてしまい、反応が遅れた。

「そういう気分じゃなかったですか? それ以外だと――」

「ラーメン食べに行こう」

余計な気を回させないようにしたら食い気味になり、咳払いをして誤魔化す。

桃花さんは嬉しそうに頬をほころばせ、聞き逃しそうな小声で「やった」と呟いた。

そんなにラーメンが食べたかったのか。

「行きたいところはある?」

「あります! えっとですね」

バッグからスマートフォンを取り出して、しばらく操作をしたあと遠慮がちに俺のそばにきた。

肩が触れ合いそうな距離で、「すぐ近くなんですけど」と画面をかざす。

「ああ、ここか。美味しいよ」

佐橋や職場の人間と何回か行ったことがある。

「やっぱり？ レビューが凄くいいから、ずっと気になっていて」

声や表情から桃花さんの熱意をひしひしと感じた。

「行こうか。こっちだよ」

店がある方へ身体を向けると、桃花さんは嬉しそうに微笑みながらくるりと回って俺と同じ方角を見た。

わかりやすいほど喜んでいて、別にラーメンじゃなくてもよかった俺まで楽しみになってくる。

「ひとりでは行きづらかったので助かります」

なるほど。女性ひとりだとラーメン屋は躊躇するのか。

「お昼はなにを食べましたか？ まさかラーメンじゃないですよね？」

「職場の人と鰻を食べた」

「……わりとがっつりな気がするけど、お腹空いていますか？」

うかがうように上目遣いをされた。

可愛らしいな。

「桃花さんが想像しているより、遥かに食べるよ」

「橙吾さん大きいですもんね」

「そうそう。体力のいる仕事だから余計に腹は空く」

ずっとにこにことしている桃花さんは華奢で、俺ならたぶん片手で担ぎ上げられる。

「桃花さんはなにを食べた？」

「梅おにぎりです」

「それだけ？」

「はい。いつも朝と夜にいっぱい食べてます」

もしかして、忙しくて休憩を取る時間がないのか。

「それならチャーシュー大盛りにしないとな」

「食べられるかな」

否定せずわりと本気で悩んでいる横顔が微笑ましくて、本人に気づかれないように
こっそり笑う。

「食べきれなかったら俺がもらっていい？」

目を見開いた桃花さんは俺をじっと見つめたあと、一拍置いてから微笑んで大きく頷く。

「安心して注文できます」

よく笑う子だ。

職場に女性がいないわけではないが、ハイパーレスキューの立場だとあまりかかわりがない。それに日頃からコミュニケーションを取るような環境だったとしても、彼女ほどにこにこしている人間はいないのではないだろうか。

他人と一緒に過ごしていて安らぎを感じるのは初めての経験かもしれない。

どちらかというと可愛いより綺麗といえる顔立ちで、背格好もすらっとしている美人だが、ころころ変化する表情や、たまに見せるあどけない一面、ゆったりした話し方など、いろいろな側面が癒しを与えているのだろう。

「桃花さんは、どうしてパティシエになろうと思ったんだ？」

「生クリームが大好きなんですよねぇ」

両手を頬に当てて、桃花さん自身が生クリームのような柔らかい表情を浮かべた。

子どもがよくこういう仕草をする気がする。

「甘くて、ふわふわで、可愛くて」

可愛い？　正直なところ共感できないが、生クリームに夢中になっている桃花さんは可愛い。

「存在自体がもう素晴らしいというか」

語尾を強くしているあたり本気なのがうかがえる。

かける言葉が浮かばなくて静聴していると、急に桃花さんが俺の顔を覗き込んだ。

「聞いてますか？」

「もちろん。生クリームが神って話だろ」

桃花さんは吹き出すように笑う。

「神って。いや、たしかにそうですね」

大きく開けた口を隠したりせず笑う姿が眩しい。俺はこんなふうに素直に感情を表せないから。

「あくまで私はという前置きはあるんですけど。疲れているとき、悲しいとき、嬉しいとき、誰かに幸せを届けたいとき、どんな場面でもケーキって求められている気がします。食べ終わったあとに優しい気持ちになるような、そんなケーキが作りたいなって今も昔も思っています」

「桃花さんは心が豊かだね」

志を語ってくれたのが嬉しい。

「心が豊か？」

オウム返しをした桃花さんは、よくわからないといった表情を浮かべている。

「世の中の様々なことに反応して、感情を動かせているような気がする。違ったら悪い」

素直な性格だからこそだ。俺にはないものを持っている。

「たしかに、感受性が強いかもしれません」

「いいことだね」

不思議そうな目つきで見られて、なにを訴えているのだろうかと首を傾げると、なんでもないといったふうに首を左右に振り返される。

気にはなったが、桃花さんが話題を次に移したのでそれ以上深掘りはしなかった。

五分ほどの道のりを歩いて目当てのラーメン屋に到着し、店内に入って食券機の前に並ぶ。

「決まった？」

「チャーシュー中華そばに、半熟卵をトッピングします」

「大盛りじゃなくていい？」

冗談めかすと、桃花さんはクスクスと肩を揺らして笑った。

機械にお札を入れて、伝えてもらった内容で発券する。次いで自分のものを選んでボタンを押した。お釣りを取って案内されたカウンター席に座ると、桃花さんが肩を寄せて囁く。

「すみません。あとで払います」

「代わりに今度、なにかごちそうしてくれればいいよ」

桃花さんは口を半開きにしたまま固まった。

一方的な行動で嫌な気分にさせたかもしれない。

自分の言動に後悔しかけていると、桃花さんは口角をぐっと上げて笑顔を作った。

「そうしますね。ありがとうございます」

おそらく空気を読んでくれた。六つも下なのに年の差を感じさせないのは、彼女のこういった気配りが上手なところが関係しているのかもしれない。

ラーメンが届き、始めに『美味しい』と互いに感想を言い合ってから、ほとんど会話をせずに黙々と食べ進める。

桃花さんのペースに合わせようとしていたが、その華奢な身体のどこに入っていくのかと目を疑うほど豪快に麺をすすっていて、配慮する必要はどこにもなかった。

……いや、昼ご飯を食べていないから当たり前か。

順番待ちの列ができていたので、器が空になるとすぐに立ち上がって店を出た。外はすっかり夜になっている。

「ごちそうさまでした。あまりに美味しくて、過去最高の速さで完食しました」

行動と発言が一致していたので、素直な子だなと微笑ましくなる。

桃花さんが選んだ店ではあるが、連れていけてよかったと思わせてくれる部分にもありがたさを感じた。男冥利に尽きるってこういうことだよな。

「ラーメンが好きなのか？」

「好きです」と、目を弓なりに細めて笑った顔に胸が小さく鼓動を打った。何年振りか記憶にないくらい久し振りの心臓の動きに戸惑いを隠せない。

もっと一緒にいたい。この笑顔をそばでずっと眺めていたい。そんな欲が胸の奥底から湧き水のように溢れてくる。

もう二度と会えないわけではないのに、もうすぐ別れるのだと考えたら寂しさに襲われる。

まいったな。こんな気持ちになるなんて想定外だ。

桃花さんは最近こんな出来事があったなど世間話をしている。ゆったりとした空気をまとっていて、ふわふわしているという言葉がしっくりくるくらいに穏やかだ。

元気だけれどあまり大きくはない声に静かに耳を傾けていると、不意に「あっ」と発した桃花さんが立ち止まった。

丸くしている目の先を辿るとひとりの男性がいて、向こうも桃花さんをまっすぐに見ている。

引き寄せられるようにふたりは近づき、表情が確認できる距離で向かい合う。俺はどうしたらいいのかわからず、先ほどから変わらず黙ったままだ。

「お疲れさまです」

桃花さんの挨拶に、俺と同年代くらいの男性はにこやかに微笑む。ふたりの間に流れる空気は親密に見えた。

「お疲れさま。どこ行っていたの?」

「ラーメン食べてきました」

「おー、いいね」

軽快なやり取りをして、男性が俺を視界にとらえて会釈する。失礼にならないようにこちらも返すと、男性はすぐに桃花さんに向き直った。

「ももちゃん、リップ忘れていたよ。ピンク色の、なんかお洒落な瓶に入ったやつ」

「えっ、気づかなかった。持っていますか？」

桃花さんは両手のひらを男性に差し出す。

「いや、置いてきた」

「残念」

わざとらしく大袈裟に項垂れた桃花さんの様子は、誰が見ても冗談なのがわかる。

「気をつけて帰ってね」

「はい。ありがとうございます」

場を長引かせずに切り上げる振る舞いはスマートで、大人の余裕が醸し出ている。

去り際にもう一度俺へ目礼した男性は颯爽と去っていった。

ももちゃん、か。女性をちゃん付けで呼ぶのは苦手なので、小さい子ども以外そんなふうに呼んだことはないが、たしかに彼女の雰囲気にはあっている。

正直、桃花さんって呼ぶより百倍いい。

「すみません、足止めさせてしまって」

「大丈夫だよ」

普段と変わらない態度を取れているだろうか。どういう関係なのか知りたいが、聞くという行為はさすがにプライベートに踏み込みすぎている。

「困ったな。リップひとつしか持っていないのに」

桃花さんはひとり言を呟いて、指で唇を触った。

俺に対しては徹底して敬語なのに、先ほどの男性の前ではそれが抜けているときがあった。

焦燥感に襲われて胸がざわつく。しかしながら、相変わらず元気にお喋りを続ける桃花さんのおかげで俺の動揺は伝わっていないはずだ。

ポワッタビジューの近くまでやってきて足を止める。

「ずっと荷物を持たせちゃって、すみませんでした。ラーメン食べられて嬉しかったです。ありがとうございました」

さっぱりとした態度を取られて、俺との温度差になんとも言えない気持ちになったけれど、こういう芯の強さにも惹かれているのだと実感して、どうしてもそばにいたいという我が生まれる。

「じゃあ……」

「桃花さん」

俺に声を遮られた桃花さんはきょとんとしている。こうして垣間見える幼い表情もまた可愛らしい。

「また会いたいんだけど、都合いい日はある？」

ぽかんとした表情から、じわじわと驚きの色を滲ませていくのを静かに眺めた。

この反応からして、俺から好意を寄せられるとは微塵も感じていなかったんだろうな。

早急な誘いをしたことに後悔はない。悠長に構えているうちに他の誰かにとられたら困る。

桃花さんは視線を俺から逸らしたあと、どこを見るでもなく一点をじっと見つめて動きを止めた。そばにある幹線道路では、絶え間なく自動車が走っていてライトが時折眩しい。

たっぷりと時間を使ってから桃花さんは口を開く。

「明後日と、その次だと再来週になってしまいます」

「それなら明後日に会おう」

桃花さんは、眉尻を下げながら微笑むと「はい」と呟く。

「送っていくよ」

「すぐそこなので大丈夫ですよ。橙吾さん、ずっと餌持っているし」

「こんなの持っているうちに入らない。訓練で日々鍛えているから、気にするな」

気を使わせないように毅然とした態度を取ると、桃花さんはなにかを自身に言い聞かせるように、こくこくと頷いた。

「ありがとうございます。それなら、お言葉に甘えて」

約束を取り付けたあとも、桃花さんは心地いいゆったりとした口調で喋ってくれた。

ポワッタビジューから歩いて五分と少しだったのでほとんど一緒にいられなかったが、送らせてもらえたことが信頼してもらえている証拠だと実感して胸が温かくなった。

「私ばかり話してすみませんでした。橙吾さん聞き上手だから、つい」

彼女がひとり暮らしをしているマンションのエントランスに辿り着くと、桃花さんが申し訳なさそうな、弱った表情を見せた。途端に庇護欲が湧いて、理性を保つのが難しくなる。こんなのは初めてだ。

「桃花さんについてもっと知りたいから、俺は嬉しい。風邪を引くといけないから、早く部屋に入って」

カッコつけているだけで、本音はこれ以上一緒にいたら彼女に触れてしまいそうだから、安全な場所へ帰ってほしいだけ。

「気をつけて帰ってくださいね」

「ありがとう。着いたら連絡……」

同時に「あ」と声を漏らした。桃花さんに名刺を渡してからメッセージも電話ももらっていない。

「すみません。お昼休憩に、キャットフードを家に取りに戻ったりしていたら、連絡する時間がなくて。部屋に入ったら送ります」

「そうしてもらえると、ありがたい」

どちらともなく微笑み合って、俺が一歩うしろに下がる。桃花さんは手をひらひらと振って、建物の中へ消えていった。

桃花さんの言葉や表情を脳裏に反芻しているうちに、気づけば自分のマンションに着いていた。どうやって帰ってきたのかあまり記憶がない。

これが平和ぼけというやつか。

胸や頭が幸福感でそわそわしていて身体が軽く感じる。

部屋に入ってスマートフォンを確認すると桃花さんからメッセージが届いており、幸せを噛み締めるように目を瞑って頭を仰け反らせた。

三、好きが募るばかり

一昨日からメッセージのやり取りをし、今日は近くの商業施設に買い物に行って、食事をする流れになった。

互いに冬用のアウターがほしいという目的があるので、きっと有意義な時間を過ごせると思う。

どうして橙吾さんに誘われたのか、普通に考えれば理由はひとつ。ただ、まだ半信半疑でいる。

午前中はムウの病院に行くので終わる時間を断定できないので、車で迎えに行くという申し出を、現地で待ち合わせようと言って丁重にお断りさせてもらった。

十四時に落ち合って、早速お目当ての店へ向かう。

「ムウちゃん元気になった？」

「はい、すっかり。体重も元に戻って、先生にちょっと肥満傾向ですねって注意されちゃいました」

「ムウちゃん、骨格がしっかりしてそうだから」

私はただの食べすぎだと思っているのだけれど、橙吾さんは優しい表現をした。真綿で包み込むような包容力は、こんな些細なときでも垣間見える。

隣に並ぶ橙吾さんをちらりと盗み見る。黒のハーフジップに、濃いグレーのスラックスを合わせていて、いつ見てもお洒落で素敵だ。

私は秋っぽさを意識してブラウンのワンピースに、雰囲気が重たくならないように白のブーツを合わせた。

まずは買うものが決まっている私の買い物から済ませる。

インターネットで事前にチェックしていて、あとは試着してサイズを確認するだけだったのですぐに終わる。次に橙吾さんがよく行くという店に行き、ふたりであぁでもないこうでもないと服を選んで、納得のいくものを選ぶことができた。

「橙吾さんって黒が好きなんですね」

「そう、無難なものが多い」

「たぶん明るい色も似合いますよ」

試着を終えて、靴を履いている橙吾さんに提案してみる。

「そうか？」

更衣室から店内に移動して、ぱっと目についた橙吾さんに似合いそうなマスタードのような色味のセーターを手に取った。

「これとか」

「へえ、普段なら選ばない色だ。着てみてもいい？」

「着ましょう」

個人的にこれを身にまとった橙吾さんが見たいというのがある。意気揚々と更衣室へ戻り、早速試着した橙吾さんが出てきた。

「おー！　カッコいい！」

思わず両手で拍手をする。私の反応に少しだけ照れた表情を作った橙吾さんは、鏡と睨めっこをした。

「顔色が明るく見える気がする」

「そうですね」

素敵な姿の橙吾さんを横にして、思わずにまにましてしまう。鏡の中で視線が絡み、数秒見つめ合ったあと同時にふっと笑った。

「これも買うよ。会計を済ませてくるから、待っていてもらえるか」

着替えたあとレジへ向かった橙吾さんの近くで待機していると、不意に香水が目に入って棚からひとつを取る。

嗅いでみると男性っぽい香りがした。橙吾さんの隣に並んだときに鼻を掠めたものと似ている気がする。

メンズショップに入ることがないので男性用の香水を手に取る機会はない。他のものも眺めていると、会計を終えた橙吾さんが隣までやってきた。

「もしかして橙吾さんって、この香水つけていますか？」

返事の代わりに、私の鼻の前に橙吾さんの腕がすっと伸びてきた。意図を察して、遠慮がちに橙吾さんの肌に顔を近づける。

「一緒？　違う？　でもいい匂い。これ、好きです」

ほんのり漂う甘さは、おそらくムスク系だ。

「よかった。香水はつけていないけど、この柔軟剤の匂いは好きなんだ」

安堵する声音に胸がきゅっと締めつけられて隣を見上げると、不思議そうにしている顔が至近距離にあり、一瞬にして顔に熱が集まった。

なんだか凄くデートっぽいことをしている。

夕食にはまだ早いのでウインドウショッピングをしていると、人だかりができているテナントがあり、興味が湧いて近づく。

私だけ人をかきわけてガラス窓から中を覗くと、小さな豚がいた。

「橙吾さん、来てください」

興奮気味に手招きをする。人を避けながら歩み寄った橙吾さんは、店内を覗き込んで目を丸くする。

「豚……カフェか」

言われて店名を確認すると、たしかにマイクロ豚のカフェと書かれている。

「入る？　休憩したいと思っていたし」

豚カフェで休息できるのかは謎だが、ぜひ小さくて愛くるしい豚に触りたい。

説明を受けて半個室に通され、ドリンクを注文する。すぐに二匹の子豚がやって来て、店員が私たちの膝にそっとのせた。

高い体温が伝わるのと、安心しきって寝ようとしている子豚の可愛らしさにやられ、目をつむって、くううっと幸福感を噛み締める。

「写真撮ろうか」

橙吾さんがスマートフォン片手に何枚かシャッターを切ると、店員が入り口から「撮りましょうか？」と声を掛けてくれた。お願いしてツーショットを撮ってもらい、店員が退室してからどんなふうになっているか確認をする。

「夫婦感があるな。赤ちゃんを抱っこしているみたいだ」

その感想通りで、仲良し家族みたいな構図になっている。

夫婦みたいだという気恥ずかしさと、赤ちゃんではなく子豚という現実の面白さが入り混じった、複雑な感情で写真を見つめる。

「あとで送っておく」

「お願いします」

「久し振りに、誰かと写真を撮った」

感慨深く呟く姿に面食らう。

長らくそういう相手はいないとこの前話していたし、きっと本当にそうなのだろう。

「私は姉と、よく撮りますよ」

「仲がいいんだな」

姉は母親代わりでもあり、ときに親友であり、大切な存在だ。

「橙吾さんは兄弟いるんですか？」

「ひとりっ子だ」

「面倒見がいいので、下にいそうに見えます」

「そうか？」

まだお互いについて知らないことだらけなので、こうして橙吾さんを形作る情報が増えていくのが嬉しい。そう感じるのは、橙吾さんともっと仲良くなりたいからなのだと思う。

社会人になってから職場以外で新しい出会いはないし、友人を作る機会もなかったので、この感情にどういう名前をつけたらいいのかわからない。

異性だし、年上だし、もちろん緊張する。でもそれ以上に居心地がいい。

過去に助けてもらった人だから安心感があるのだろう。

時間になり、後ろ髪を引かれながらも子豚とお別れする。

「服に匂いがついているから、帰ったらグリが騒ぎそうだ」

「浴室に直行ですね」

猫の話題を共有する人は周りにいないので、これも橙吾さんとの会話が楽しい要因になっている。

一昨日は戸惑ったけれど、誘ってもらえてよかったな。人と過ごすのは幸せな時間だというのを、ひとり行動に慣れてしまって忘れていた。

ナンが食べたいという橙吾さんのリクエストがあり、カレー屋さんに移動した。豚の匂い以上に、香辛料の香りにグリとムウが興奮しそうだと笑い合って、穏やかな時間は過ぎていった。

少し早いけど明日の仕事に備えてしっかり休もうと、橙吾さんの車でマンションまで送ってもらうことになった。

駐車場で足を止めたのは黒のＳＵＶ車の前。存在感のあるいかつさが橙吾さんに似合っていて、車を背景にした姿に思わず見惚れる。

「乗りづらいかもしれない。気をつけて」

助手席のドアを開けてもらい、片手を差し出され、お姫様のような扱いに胸がドキドキして変な汗をかいた。

大人の男性というか、橙吾さんがあまりにもカッコよくて、車内にふたりでいる空間に心臓は早鐘を打ちっぱなしだ。

今日会ったばかりのときよりうんと距離が近くなり、世間話も弾む。私のマンションまではあっという間で、楽しい時間の終わりに胸に隙間風が吹くような寂しさを感じた。

助手席から見える景色に視線を送ると、先々週まで辺り一面を香りで染めていた金木犀はいつの間にか役目を終えて静まり返っている。次は街路樹の紅葉が始まる。

橙吾さんは植物に興味はあるのかな。

改めて考えると最近は思考の行き着く先に橙吾さんがいることが多い。

今度は私から誘ってもいいのかな。

これまで沈黙して気まずくなったりしていなかったのに、急にそわそわと心が落ち着かない。

今日のお礼のメッセージと共に、またご飯行きたいですって話してみよう。

心に決めてドアに手を掛ける。

「ありがとうございました。じゃあ――」

全身に響き渡る拍動に戸惑いつつ挨拶をしたときだった。

「桃花さん」

呼びかけられて振り向くと真剣な眼差しとぶつかった。暗がりの中というのもあり、妙な緊迫感が迫ってきて心臓の音が大きくなる。

「好きだ。付き合ってほしい」

淀みなく言われて、一瞬頭の中が真っ白になった。

「えっ」と小さく発した半開きの口のまま動きが止まる。

「急で驚かせたよな。でも、桃花さんとは友達ではなく恋人になりたい」

力強い視線を受け止めきれずにそっと下を向く。

私、でいいの？　好きになってもらえるような瞬間ってあった？　でも軽い気持ちで告白するような人ではないはずだよね……。

浅くなっていた呼吸を意識的に整えてから口を開く。

「橙吾さんって、何年も彼女がいないって言っていましたよね」

「ああ、そうだよ」

「それなのに、こんなすぐに私を……あの、好きに……？　だってまだ、二回しか会っていないし……？」

緊張で声が上擦り、しどろもどろになる。

「ハイパーレスキューになってからとにかく忙しくて、恋愛に興味を持っていなかった。桃花さんに対しても、最初は事故の話がしたかっただけで、恋愛対象として見ていなかった」

語られる橙吾さんの想いを一語一句聞き逃さないように、唇を結んで静かに耳を傾ける。

「短い時間でも桃花さんの人柄を知るには十分だったよ。それは桃花さんが自分のことをいろいろ話してくれたからで、人あたりのよさや、気配り上手なところが、凄くいいなと思った」

私も同じだ。橙吾さんというひとりの男性を知るのに十分な時間を過ごせた。だから告白を怪しんだりせずまっすぐに受け止められている。

「桃花さんの笑った顔が好きなんだ。君のそばで、その笑顔を守る権利をくれないか」

橙吾さんは言い切って小さく息をついた。

心を打たれる告白をされて胸がじんわりと熱を持つ。私に向けられる率直な好意が嬉しい。でも……。

「学生の頃から七年、誰とも付き合っていないし、そもそも経験がほとんどないんです。付き合うってどんなだっけというくらい、どうしたらいいかわからなくて、自信もなくて……」

今日だって、橙吾さんに抱く気持ちが友情なのか恋情なのか、はっきり名前をつけられなかった。

「いろいろ褒めてもらったけど、私、だめな部分がいっぱいあるし……」

「人間誰しもいいところと悪いところはある。そもそも、付き合わなければなにも始まらない」

思わずはっとする。

一度告白された以上、友人としてうまくやっていけるわけがない。私の中で男女の友情が成立するのは、双方が一度も恋愛感情を抱いたことがない場合に限る。

だとすれば、ここでお断りをしたらもう二度と橙吾さんと遊びに出掛けられないんだよね。

「そっか……」

「桃花さんは、別れても友達に戻れるタイプ？」

「たぶん戻れないです。だから、橙吾さんの言う通りですね」

気持ちが固まり、すうっと大きく空気を吸い込んで大きな深呼吸をする。

「今日までに橙吾さんが私の内面を見てくれていたんだと知って、嬉しいです。橙吾さんの自信に満ち溢れているところが、素敵だなって思っていました。上手に付き合えるか正直不安ですけど、よろしくお願いします」

深々とお辞儀をして、上半身を戻したあと照れくさくなって微笑んだ。すると橙吾さんが手を差し出す。

「ありがとう。桃花さんを、誰よりも大切にする」

「……はい」

握り締めた手のひらが温かくて、強張っていた身体からすっと力が抜けた。

「寒かったか？　悪い、気づかなくて」

橙吾さんは慌てて車の暖房を強くして、繋いだままの手を送風口に寄せた。

「冷え性なんです。気にしないでください」

いつも通りのことなので、心配させないようにへらっと笑う。すると橙吾さんは指を一本ずつ絡ませて握り直し、自分の体温を私へ移そうとする仕草をした。

優しいな。手は冷たいけど心は火傷するくらい熱くなっている。

「橙吾さんの手が冷たくなっちゃいますよ」

「俺は暑いからちょうどいい。訓練で日々鍛えているから、気にするな」

最後に自分と同じ台詞を使われて、おかしくなって忍び笑いをした。

手が少し温まり、車から下りてエントランスまで送ってもらう。

「部屋に入ったら、メッセージ送りますね」

「俺も帰ったら連絡する」

ひらひらと手を振ったあと、自動ドアを通ってエレベーターに向かう。

橙吾さんと付き合うんだ……。

ひとりになると実感が湧いてきて、息継ぎがうまくできないほど鼓動が激しくなる。

到着したエレベーターにのってから目を閉じ、しばらくの間幸せな余韻に浸った。

＊＊＊

橙吾さんと交際を始めた十月末の時点で今月のシフトはすでに出ており、互いの予定を擦り合わせられなかった。しかしながら運よく三週目に私が火曜と水曜の休みがあり、橙吾さんも非番明けで二日間の公休日が重なった。

ということで、橙吾さんに温泉旅行に誘われて、今日初めてまるっと一日デートする。

週に一回は仕事終わりなどに食事に行っていたとはいえ短時間だし、まだ三回しか会っていないし、手を繋ぐ以外なにもしていない。

お泊まりなのだから、そういう心づもりでいていいよね。大人なのだし、逆になにもなかったら女性としての自信がなくなりそうだ。

「ムウちゃん行ってくるね。お留守番させてごめんね」

それぞれ愛猫がいるので帰宅は早めの昼過ぎを予定している。猫は人ではなく家に住み着くといわれているくらい環境の変化からストレスを溜めやすい。だから一週間など長期で離れるとき以外はペットホテルを利用しない。そもそもムウと暮らし始めて二日以上家を空けたことはないのだけれど。

念のため、ペットカメラの様子でなにか問題が発生したら姉に駆けつけてもらうようにお願いしてある。

一泊二日分の荷物を詰めた小ぶりのスーツケースを持ち、マンションのエントランスを出て外で橙吾さんの迎えを待つ。

秋が過ぎ去り、初冬の空気は肌を刺すような寒さだ。

起きてからずっとドキドキが治まらず、緊張から縮こまっている背をぐっと伸ばした。

今日のために用意したアイボリーのニットワンピースに、甘すぎにならないように大人っぽいグレンチェックのツイードジャケットを羽織った。歩きやすいようにヒールのないローファーにして、髪はハーフアップにまとめた。

ちょっと気合い入れすぎたかな。いや、でも、これくらいあざとさを狙っていかないと、橙吾さんの隣を白昼堂々歩けない。

メイクもいつもより濃くしちゃったけど、橙吾さんの好みはどんな感じなのだろう。

脈絡なく告白をされたときは青天の霹靂だったし現実感がなかった。

橙吾さんを素敵な男性とは思っていても、恋愛を含んだ好きという感情を持っているのか自信がない。だから付き合ってからの二、三日はこれで本当によかったのかと自問自答して、自分の気持ちが迷子になっていた。

それが毎日送ってくれる思いやりのあるメッセージや、疲れている心身に優しい声で語りかけてくれる電話が心地よくて、どんどん気持ちが膨らんで手を焼くほどになっていった。

今では私の方が好きという気持ちが大きいはず。

たった二週間でここまで心境の変化があったと説明できる機会はなかったし、告白されたときけっこうつれない態度を取った気がするので、どうにか挽回したいのに。

橙吾さんが好きだと伝えたくても伝えられない焦燥感でむずむずしている。

待ち合わせの十時半より十分前に出たのに、一分も待たないうちに橙吾さんの車が流れるように私の前に停まった。運転席から颯爽と降りた橙吾さんは、私の顔を見て眉尻を下げた。

「どうしてこんなに早く出てきた。桃花は暖かい部屋で待っていればいいんだよ」

交際してから初めて食事に行った際、敬語をなしにしてほしいと言われた。あと、桃花と呼びたいとも。呼び捨ての方がしっくりくるけれど、まだ慣れなくて呼ばれるたびに胸が高鳴る。

それにこうやって私を大切にしようとする言動が日常的にあるから、心臓が幾つあっても足りない。

「楽しみで、待ちきれなくて」

昨日の夜からずっと落ち着かなかった。早めに休もうとベッドに入っても目が冴えていて眠るのにけっこう苦労したのだ。

「桃花は本当に可愛いな。熱が出なくてよかったよ」

「……小学生じゃないんだから」

さらりと可愛いと言われ、心臓が大きく飛び跳ねたせいで声が小さくなる。

橙吾さんは私の荷物を載せると、助手席のドアを開けて誘導した。

宿はここから車で一時間半ほどの距離で、温泉地として有名なところだ。この車は橙吾さんのもので、仕事がある日は基本的に乗らず、休日にドライブするときに乗っているらしい。

いつもは緊張して直視できない端正な横顔を見つめる。運転している姿も相まって、溜め息が出そうなほどカッコいい。

今日もいつも通り黒のズボンを穿いているが、一緒に出掛けたときに買ったマスタード色のセーターを着ているので印象が少しだけ違って見える。

やっぱり似合っている。もちろん、なんでも着こなしてしまうのが橙吾さんなのだけれど。

「どうした？」

ちらりとだけ目線を送ってきた橙吾さんは不思議そうな表情だ。

「綺麗な顔立ちだなぁと思って。橙吾さんはお父さん似？　お母さん似？」

橙吾さんは、ごほんっと咳払いをして「母親かな」と呟いた。

たぶん照れている。普段は威風堂々としているからこそ、時折見せるシャイな部分がギャップを感じさせる。

「桃花は？」

「……私も、母親似」

「そうか。綺麗な人なんだろうな」

無理やり口角を上げて笑顔をはりつける。

両親はすでに他界しているが、まだその事実を橙吾さんに伝えられていない。

両親が亡くなったとき、遊園地の事故について知っている人からは、不運が続いて可哀想だと同情された。

因果関係があるはずないのに、お払いに行くべきだとかも言われて、心がもやもやした経験が何度もある。

橙吾さんは私と一緒に事故に遭っているし、そもそもそんな発言をする人ではないだろうけれど、あまり楽しい雰囲気のときに話したくない。

「向こうに着いたら、まずはご飯かな？」

なんにせよ今ではないと判断して話題を切り替える。

「そうだな。温泉街で食べ歩きをするか、老舗の食事処に入るか、どっちがいい？」

究極の二択だ。決められなくて唸り声を上げると、橙吾さんがクスクスと笑う。

「歩きながら決めるか」

「うんっ！」

勢いよく頷く。

「私、橙吾さんの引っ張ってくれるところ好き」

頼っていいのだと安心する。

「ありがとう」

返ってきたのがひと言だけでも、声音から橙吾さんの感情が透けて見えたので気にしない。喜んでもらえているから、また次も素直に気持ちを伝えようと思える。

一週間前に会ってからタイミングが合わず電話ができなかったので、聞いてもらいたい話がたくさんある。ずっと喋り続けている私に橙吾さんは優しい眼差しを送っていた。

旅館のチェックインは十六時だが、荷物と車だけ先に預かってもらった。ふたりで相談した結果、夜は部屋で懐石料理を食べるので、食べ歩きをして腹五分目くらいに抑えようということになった。

地元ならではの総菜や揚げ物を食べ、そぞろ歩きして疲れた頃に甘味処で休息し、日常では味わえない特別な時間を過ごした。

時間になって旅館へ行き、客室へ案内してもらう。

三間続きの和室はゆとりがあり、離れになっているので他客の存在を意識しないで済む。なにより窓から望める美しい日本庭園が素晴らしく、感動して涙が出そうになった。

源泉掛け流しの内湯も備え付けられていて、プライベートな空間で静かに過ごせる。

「ここにしてよかったね」

旅館はふたりで決めた。少し値は張るが、普段頑張っている自分たちへのご褒美にしたのだ。

「そうだな。想像以上にいい」

橙吾さんも満足気で嬉しい。

まずは辺りの景色を一望できる展望大浴場で日頃の疲れを癒やし、橙吾さんと部屋で待ち合わせるべく浴衣を着て身だしなみを整えた。

化粧をすべて落としたのが正解だったのかわからない。広間には行かないので、すっぴんを見せるのは橙吾さんだけだし、さっぱりしたかったから改めて化粧をしなかった。さすがに色つきのリップは塗ったけれど。

ええい、どうにでもなれ、という気持ちで部屋の扉を開ける。

「おかえり」

すぐに声がして、橙吾さんが奥から歩いてきた。

「ただいま」

「いい湯だったたな。浴衣似合っている。色っぽい」

嬉しさと羞恥心がない交ぜになったような感情がぶわっと込み上げて、湯上がりで温かくなっている顔がさらに熱くなった。思わず手をかざして顔を隠す。

「どうした？」

「すっぴんだから、ちょっと、徐々に見せたい」

「なんだそれ」

私もそう思う。なにを言っているのだろうと焦って、汗が肌に滲むような感覚があった。

「どうせ見せないといけないんだから、さっさと見せろ」

ごくたまにSっぽい部分が垣間見えるのだが、このタイミングでそれを出してくるとは。こういうときの橙吾さんが男らしくて大好きで、どうしたって逆らえない。

腕を掴まれて、おとなしく従う。しかし、体温が伝わる距離で熱視線を送られたらやっぱり無理だった。

「近いよ」

蚊の鳴くような声で訴えて離れようとすると、ぐいっと腕を引かれて抱き締められた。

「ずっとこうしたかった」

ドクンドクンと心臓が大きな音を全身に響かせている。唾を飲み込むことすらできなくて、乾いた喉からは声が上がっていかない。

私も触れたかった。同じ気持ちだったのが嬉しい。

「すっぴんも可愛いよ。見せてくれてありがとう」

閉じ込められた腕の中で頭をこくこく上下に振る。

これが自分と同じ人間の身体なのかと衝撃を受けるほど胸板は厚く、物質のように固い。

どうなっているの、これ。

気になる気持ちをどうしても抑えられず橙吾さんの胸に手をあてた。

大きく鳴る自分の心臓の音を聞きながらさすると、すぐに「どうした？」と身体を引き離される。

いろいろと恥ずかしい。ファンデーションをしていないから、熱が集まった顔は真っ赤になっているはず。

「なんでもない」

橙吾さんはなにも言わず、私の手を引いて部屋の奥へと進み、掃き出し窓の前で「見て」と外に視線を投げた。

夕暮れが始まっており、灯篭に明かりがついている。水面と木々に反射した光が幻想的で、先ほどとは違った雰囲気に感嘆の溜め息がこぼれた。

「桃花が好きそうな景色だなって、さっきまでひとりで眺めていた」

「うん、好き」

静かに眺めていると、うしろから私を包み込むように逞しい腕がお腹で交差した。

ドキドキと激しく拍動はしているけれど包み込まれる体温が心地いい。温かくて、安心する。

橙吾さんの腕にそっと手を置くと抱き締める力が強くなった。

苦しいくらいの圧迫感すらも愛おしくて、胸が焼け焦げるかのように熱くなる。

橙吾さんに身体をくるりと回されて、少しふらつきながら見上げると真剣な瞳とぶつかった。橙吾さんの顔が近づいて、目を閉じると優しい口づけが落ちてきた。

ドクンドクンと激しく鼓動する心臓が邪魔をしてうまく息継ぎができない。

橙吾さんは唇を触れ合わせたまま大切なものを扱うような手つきで後頭部を撫で、角度を変えて再び唇を重ねる。

だんだんと思考が働かなくなって抱きついている浴衣をぎゅっと握ると、橙吾さんが悪戯をするかのように唇を甘噛みしながら離れた。

こんな、キスで遊ぶようなことをするんだ。普段がとても真面目だから、ギャップにやられちゃう。

軽く胸を手で押さえて深呼吸をすると、大きな両手のひらで頬を包み込まれた。

一つひとつの所作から愛情が伝わり、全身が多幸感に酔いしれる。

「なに？」

小声で反応すると、橙吾さんはふっと空気を震わすような笑い声をこぼす。

「緊張してる？」

「しない方が難しいよ」

照れ笑いをするしかない。逃げたくてもがっちりと顔を固定されているし。

橙吾さんは優しい力で頬をむにゅっと潰してから、私をぎゅうっと抱き締めた。

初めてキスができて嬉しいのだけれど、スキンシップはこれ以上先に進まないのだろうか。

中途半端にスイッチを押されて、昂った感情が行き場をなくしている。たまらず橙吾さんの腕を掴んで訴える眼差しを送った。

「そんな可愛い顔して、どうした」

真顔で問われて複雑な思いがさらに大きくなる。

「……これ以上触れると、歯止めが利かない」

橙吾さんは苦笑いをこぼして私の頬から手を外した。

「あと二時間ほどで食事になる。布団の準備もまだだ」

説明を受けてはっとする。

「ほんとだ……」

橙吾さんにしがみついたまま部屋をぐるりと見回す。

なんとも言えない空気が流れ、気分の切り替えが得意な方とはいえさすがに気まずくなった。平静を取り戻すと、自分の言動に後悔の念が押し寄せる。

「ごめん。引いたよね」

この発言も反応に困るものだと、口にしてから気づいてさらに頭を抱えたくなる。

最悪だ。せっかく雰囲気のある素敵な場所に連れてきてもらったというのに。

項垂れている私の手をやんわりと解いた橙吾さんは急にカーテンを閉めた。

離れとはいえ、たしかにそろそろ人目を気にして閉めた方がいい時間帯ではある。

しっかりしているなぁ。

ぼんやりと広い背中を眺めていると、橙吾さんが近寄ってきて前触れなく私を持ち上げた。

「きゃっ」

驚いて甲高い声を出す。橙吾さんは気にも留めず私を奥の和室へ連れていき、壁際にそっと下ろした。

なにがなんだかわからず混乱している私の唇を強引に塞いで、吐息すらも奪うような深い口づけをする。

先ほどとは違う荒々しいキスを受け止める余裕がなく足もとがふらつき、すがるように橙吾さんの胸に体重を預けた。

後頭部と腰に回っているがっしりとした腕はびくともせず、私の身体を支えるのをまったく苦に感じていないのが伝わる。

唇の割れ目を舌先でなぞられ、中に入りたいという合図に応えて口を開く。口内に侵入してきた舌に歯茎を丁寧に舐められて、ぞくぞくとした感覚が身体の中心を駆け抜けた。

膝が崩れていよいよ立っていられなくなると、腰をぐっと引き寄せた橙吾さんの腕力によってまた身体は浮き、壁に押し付けられた。

「んぅ」

苦しくなって声が漏れる。隅々まで食べ尽くす獣のような獰猛さが感じられても、怖いどころかむしろ雄々しさに胸がときめいて拍動は強くなっていく。

橙吾さんの右手が首筋から鎖骨を通り、浴衣の合わせ目に移動する。お尻は左手で撫で上げられ、情欲の波に襲われて身体が震えた。

「とう、ご、さん」

キスされたまま必死に名前を呼ぶと、唇を触れ合わせながら返される。

「どうした？」

「急に、なんで」

「好きな女性に誘われて、我慢する男はいない」

橙吾さんに食事や布団の話をされてから、制御できなくなる行動を私は起こしていないはずだ。

でも嬉しい。

橙吾さんは布の下に手を差し込んで、ぐいっと浴衣を下げた。そこまできつく結んでいなかった帯はすぐに緩んで肌と下着が露わになる。

「綺麗だ。ずっと見ていたい」

ゆるりと口角を上げて微笑む色っぽい表情となめらかな低い声が、息を潜めていた私の情欲に火をつける。

まだいろいろとこれからなのに、身体の奥がうずいて、ぶるっと震える。

長い間居座っていた唇が、肌の上に丁寧なキスをしながらゆっくり下がっていく。

「ふっ、ん……」

我慢しようとしても声がこぼれてしまうので手で口もとを押さえると、すぐに橙吾さんにそれを外された。

許してほしいと目で訴える。すると橙吾さんが自分の指を私の口に入れた。こんなことをされたのは初めてで心臓は爆発でもするのではないかと思うくらい激しく鳴る。

「桃花はいい子だな」

経験値の低い私でもさすがにわかる。この行動で完全に橙吾さんの箍《たが》が外れた。

こちらの反応をうかがうように丁寧に胸の膨らみを揉んでいた手が、遠慮をなくして敏感なところを執拗に弄り始める。合わせて舌先で転がされて、ぞくぞくとしたものが全身を駆け巡った。

「や、あ」

「もっと喘いでいいよ。ああ、俺の指が邪魔で、声が出せないか」

橙吾さんは胸に埋めていた顔を上げて、悪戯に口の端だけで笑った。

なんていい顔で笑うの。誰にも見せたくないし、私だけが知っている橙吾さんでいてほしい。

快楽の波が高みに連れていこうとすぐそこまで迫っている。気持ちいい苦しさに、目尻に涙が滲んで視界がぼやけた。

「橙吾さん、もう、だめ」

「やめてほしい？」

必死に首を左右に振ると、橙吾さんは私の太股の間に自身の足を押し込んで身体を押し付けた。

「桃花、好きだよ」

少し掠れた色気のある声で呼ばれて大きく鼓動を打つのと同時に、押し寄せてきたものに頭の中が真っ白になった。

経験がないわけじゃない。でも、こんなふうになるのは初めてだ。

乱れた息と全身の震えが治まるのを待つ間、橙吾さんは私の背中を擦りながら、耳朶や首筋に口づけをしていた。

「体力なくて、ごめん」

ようやく声が出せるようになって謝ると、橙吾さんは触れるだけのキスをする。

「まだ頑張れるか」

「頑張れるけど……」

どうやってするのだろう。

「俺の肩か腕に掴まって」

足りない知識で、あれこれと思考を巡らせる必要はなかったみたいだ。リードしてもらえるので安心して甘えられる。

橙吾さんは私の右足を持ち上げると、温かい手のひらで太腿を撫で上げた。

「あっ」

意図せず大きな声を出してしまって恥ずかしさから口をまっすぐに結んだが、きわどい部分に触れていた手が熱のこもったところへ移動してからは、理性が吹き飛んでなにがなんだかわからなくなった。

身体だけでなく脳や心まで溶かされる甘い刺激を受け止めているうちに、気づけば橙吾さんの腕に爪が食い込むくらい力を入れていた。

謝る余裕すらなく嬌声だけが部屋に響く。

「桃花に気持ちよくなってほしい」

「も、じゅ……」

もう十分気持ちよくなっていると伝えたいのに声にならない。橙吾さんは「ん？」と首を傾げて私の反応をうかがっている。あられのない姿を凝視されていることが羞恥心を煽《あお》り、どんどん肌が敏感になっていくような気がした。

「桃花、どうされたい？」

わざと焚きつけているのか、ただ真面目なのか。本気でわからない調子で聞かれ、橙吾さんの背中に腕を巻きつけてありったけの力でしがみついた。すると脚の付け根の奥を弄っていた手の動きが激しくなった。

「そこ、だめ」

「桃花のだめは、もっとって意味か」

急き立てるように快楽の淵に追いやられ、間もなくして襲ってきた快楽に身を委ねた。

「気持ちよくなっている顔も、泣き顔も可愛い。全部俺がそうさせているって思うとたまらない」

まだ余韻を引きずっているのに言葉でも刺激されて、身体をぶるっと震わせる。

普段が硬派でこんな艶《なまめ》かしい台詞を言わなそうだからこそ、余計に心を乱されて情欲を煽られる。

「寒くない？」

むしろ暑いくらいだ。こくりと頷くと、ほとんどはだけていた浴衣を全部脱がされた。橙吾さんも自身のものを脱ぎ捨てて、そのがっしりした肉体を露わにする。

息を呑むほど惚れ惚れする引き締まった身体だ。二十六年間生きてきて筋肉に興味を示したことは一度もなかったのに、初めて触りたいという衝動が襲う。

「つらかったら言って」

「うん。ありがとう」

ここまでずっと気遣われて、どうしても感謝の気持ちを伝えたくなった。橙吾さんは僅かに目を開いたあと慈しむような眼差しを向けた。

この笑顔が、本当に大好き。

私の全部を受け入れてもらえるような、底知れぬ包容力が滲み出ている。

すっかり過敏になっているなかに、ぐっと熱くて硬いものを押し込まれて目をぎゅうっと瞑った。

「痛くないか？」

「気持ちいい」

私は受け止めているだけで動いていないのに、走ったあとのように呼吸が乱れる。

「よかった。俺も桃花のなか、気持ちいいよ」

きっとお世辞ではなく、本気の言葉なのだと感じさせる余裕のない表情を浮かべている。初めて目にする橙吾さんの姿に掻き立てられて、ぞわぞわと身体を駆け抜けた波に吐息を漏らした。

緩急をつけながら刺激をし続ける律動は、残っていた理性を奪っていく。脳内がとろみのある液体で満たされたように、快楽以外なにも考えられない。

「橙吾さん、キスしたい」

懇願すると余裕のない荒々しい口づけが降ってきた。動きに合わせてこぼれる甘い吐息すらも愛おしくて、自分が抱く大きすぎる熱情に圧倒される。

「桃花の全部を、俺だけのものにしたい」

熱を孕んだ瞳がゆらゆらと揺れている。

「橙吾さんのものにして」

お願い、もっと愛して。

さすがに告げられなかった想いを読み取ったかのように、激しさを増した快楽の波に飲み込まれた。

私たちの関係を変えたのは橙吾さんの挑戦的な性格のおかげだ。あとから恋情を自覚しても私は自ら行動できなかったはず。

今だって私の望みを叶えるべく、予定とは違う行動を起こしたのだろうし、私には持ちえない内面の強さやまっすぐさに憧れる。

燃え上がるような始まりではなくたって、一度勢いを増した情熱は広がり続けている。

初めてこんなにも深く誰かを愛してしまってなんだか怖い。

橙吾さんが私のそばからいなくなったらどうしようという、起きてもいない不安にまで駆られるような感情は、普通の恋愛とは違うのかな。

わからないから、とりあえず今は夢心地のままでいようと、ざわつく胸の音に耳を塞いだ。

＊＊＊

十二月の上旬、世間はクリスマスムード一色に染まっている。どこもかしこもイルミネーションが輝き、赤や緑の装飾が施され、街を歩いているだけで心が弾む。ポワッタビジューも本格的に忙しくなり、クリスマスケーキの予約も順調に増えている。

そんな中、今月からホテルでパティシエとしての経験がある新しいスタッフが入った。おかげで休日を返上して働くというシビアな環境に陥らずに済み、体調を崩したりせずに働けている。

定休日の水曜日である今日は千葉県に住む姉の早苗《さなえ》がこっちまで来てくれて、橙吾さんと三人でレストランを訪れている。

温泉のお土産を渡したくて姉に連絡したところから橙吾さんの話になり、遊園地で起きたアトラクション事故のときの男の子だと伝えたら、彼と話がしたいと言われたのだ。

まだ交際して一カ月と少しなのに家族を紹介されるなんてけっこうなプレッシャーだと思う。橙吾さんが嫌な顔をしたらどうしようという不安があったが、誘いに対してふたつ返事だった。

さらには和食が食べたいという姉からの要望にも応え、老舗の料亭での食事の場を用意してくれた。

「こんな素敵なところでご飯食べるの、いつ振りかな」

案内された個室に着席した姉は緊張した様子もなく、すっかりこの空間に馴染んでいる。昔から適応能力が人より飛びぬけているとは感じていたけれど、相変わらず凄い。

十五分前に駅で待ち合わせをした際に自己紹介を済ませてから、橙吾さんは姉からの質問攻めに軽やかに答えていた。

四歳の息子がいる姉とご飯を食べに行くとなると、必然的に子どもが食べられるメニューが豊富にあるファミリーレストランになる。

今日は幼稚園に預けているので、心ゆくまで話せることも姉のテンションが高い要因になっているようだ。

コース料理が運ばれてきて、箸を進めながら会話は弾み、和やかな時間は過ぎていく。

そろそろ切り出そう。箸を置いて姿勢を正し、正面に座る橙吾さんを見据えた。

「あのね、話していない大事なことがひとつあるの」

橙吾さんは魚のお造りに伸ばしていた手を引っ込めて、同じように背筋を伸ばした。こちらを気遣う配慮が伝わり、こういうところが改めて好きだと思う。

「うちね、両親が病気で他界しているんだ」

目を大きく開いた橙吾さんは、「そうか」と静かに呟いた。

「父親は私が物心つく前に癌で。母親は突然死だった。元々糖尿病とかの持病があったけど、解剖はしていないから原因は確定してはいないの」

病気のせいというのはわかっていたので、母の身体を傷つけてまでそれ以上の原因を知りたいとは思えなかった。

「私が高校一年生のときだったんだけど、お姉ちゃんは社会人二年目で、大変な時期だった。それでもまだ学生の私のフォローをして、助けてくれていたんだ」

姉はひとり暮らしを始めて半年ほどしたところだった。母がいなくなった実家へ戻ってきて、料理も洗濯もなにもできなかった私の世話を焼きつつ、ひとりでも生きていけるように様々なことを教えてくれた。

「お母さんがなんでもしてくれる人だったから、私もひとり暮らしをするまで家事はなにもできなかったし、急にふたりでの生活になって、あの頃は家の中けっこうぐちゃぐちゃだったよね」

苦笑いをする姉の顔に悲しみの色は滲んでいない。

私もそうだけれど、十年という月日を経て悲嘆に暮れる日々から離れることができた。まだ完全には立ち直れていなくても、きっといつか家族四人の写真や動画を見られるようになるはず。

「ふたりとも、頑張ってきたんだな」

傷跡をそっと撫でるような声音が胸を優しく締めつける。

こうやって感傷的なものが急に込み上げるなんて、やっぱりまだ気丈ではいられないな。

「授かり婚だったんです。桃花をひとりにするのが嫌で、出産するぎりぎりまで実家にいました」

その頃はもうポワッタビジューで正社員として働いていたし、ひとりで大丈夫だと説得しても姉は出ていこうとしなかった。

「理解のある旦那さんだよね」

「そこに惚れたからね」

ふたりは高校の同級生同士のカップルで長い付き合いだったし、私とも仲良くしていたので、来るべき日までどっしり構えて待ってくれた。

「安定期に入ってから婚姻届を提出して、夫の住まいへ移りました。そこから桃花もひとり暮らしを始めたんだよね」

姉に頷き返す。

思い出の詰まった実家にひとりではいられなくて、今住んでいるマンションへ引っ越した。実家はまだそのままになっているので、月に一度は帰って空気の入れ替えなどをしている。

「桃花には絶対に、幸せになってもらいたいんです」

物心ついた頃から喧嘩はほとんどしていないし、親友のように暮らしてきた。もちろん、四つ上の姉が我慢して許容していた部分はあっただろうと、大人になった今ならわかる。

「……橙吾さんのことを聞いたとき、真っ先に頭に浮かんだのが、大丈夫なのかなっていう不安でした」

私の口から説明しようと思っていたのに。

大切な家族を紹介したいというのは建前で、本当は姉が消防士である橙吾さんとの交際に不安を抱いていたので、少しでも安心してもらいたかったからだ。

はらはらしながら姉と橙吾さんを交互に見る。どちらも神妙な面持ちでいて、私が口を挟むのははばかられた。

「両親が亡くなっていて、もう大切な人を失いたくないので、もっと普通の職業の人と一緒になってほしいというのが本音です」

「お姉ちゃん、さすがにそれは」

消防士という仕事に誇りを持っている彼に対して失礼だ。

「だって、橙吾さんの身に、なにか起きる可能性もあるでしょう？」

私だって考えなかったわけではない。遊園地の事故と両親の死を消防士の仕事と重ねて考え、胸がざわついたのは一回や二回だけではない。

それでも私は、起きてもいないことに不安になって壊れてしまうより、橙吾さんと一緒にいて乗り越える努力をし続けたい。

「返す言葉もないです。でも、桃花さんを幸せにするのは俺の役目でありたいし、これから先どんなことがあっても、守り抜きたいと思っています」

まるでプロポーズの台詞みたいだ。勝手にそう解釈している浮かれた自分が恥ずかしいのと、率直に嬉しいのとでむず痒い。

安心させようとしっかりと言葉を選んでいるし、そういう一面からも頼もしさを感じる。

「口で言うのは簡単ですよね」

ときめいている私とは対照的に、姉の口調は穏やかなのに内容は手厳しい。

どうして棘のある言い方をするのだろう。もしかして橙吾さんを気に入らなかったのだろうか。

「これから行動で示していきます」

「わかりました。ありがとうございます」

さっぱりとした態度で返した姉の反応に拍子抜けして、「へっ」と思わず声をこぼしていた。

ふたりは聞こえていないのか、私には目をくれずまっすぐ視線を交わしている。

「すみません、最初から反対するつもりは微塵もないです。橙吾さんの人柄を知りたかったので、試すような真似をしました」

姉がこちらに振り向いてにっこり笑う。

「ごめんね、余計な口出ししちゃって」

複雑な心境で返す言葉がない。私はよくても橙吾さんがどう感じたかが問題だから。姉にだいぶ振り回された橙吾さんは呆気に取られている。嫌な気持ちにさせていないか心配をしていると、表情をゆっくり変化させて苦笑した。

「よかった。本気で焦った」

いつも堂々としている彼らしからぬ発言にびっくりする。

「え、そうなの？」

「お姉さんには認めてもらいたいだろう」

意外な一面に胸がきゅんとする。

「そっか、ありがとう」

橙吾さんが甘さを含んだ優しい笑顔を見せたので、ドキドキと鼓動が走って顔がにやついた。誤魔化そうと湯呑を持ったところで視線を感じ、隣を向くと姉が仏のような笑みを浮かべている。

温かい空間だ。大事な人たちと一緒に食べるご飯は、いつもの何百倍も美味しかった。

また近いうちに会おうと約束をして姉と別れ、橙吾さんのマンションへ移動した。

「今日は本当にありがとう」

話せて肩の荷が下りた。

「俺も桃花に話しておきたいことがある」

リビングのソファに座っている私に、橙吾さんはキッチンカウンター越しに話しかけた。ひと息つこうと珈琲を入れてくれている。

改まった切り出し方に、なんだろうと緊張が走った。

「実は俺の両親からも、早苗さんと同じようなことを言われているんだ」

「同じって?」

「消防大学校へ通うのを反対されて大喧嘩したんだ。押し切って消防士になったけど、今ですら転職した方がいいと、顔を合わせるたびに言われる。だから疎遠になっているんだ」

手もとに視線を落としている橙吾さんからは心情が読み取れない。

家族から認めてもらえないって、つらいよね。しかも特別な技術と能力が必要とされる、ハイパーレスキューとして活躍している現在でもだなんて。

どうして反対しているのか、疎遠というのはどの程度なのか、聞きたいけれど深入りしていいのか判断がつかない。

「……長い間生きていれば、いろいろあるよね」

なにか言わなければいけない焦りからおかしな発言をしてしまった。橙吾さんは吹き出すように笑う。

「そうだよな」

カップを運んできた橙吾さんが隣に座ったので、じっと見据える。続きがあるかもしれないと待ってみたが、柔和な表情をたたえたまま頭を撫でられた。

距離が近くなると自動的にくっつきたくなるスイッチが入る。

橙吾さんが好きすぎるんだよなぁ。

厚みのある背中に手を回して抱きつくと、爽やかな柔軟剤の匂いと、ひと肌の温もりに包まれてそっと息をつく。

「幸せ」

「俺もだよ。いつもありがとう」

春の日差しのような丸みのある声だ。顔を上げると、橙吾さんは目を細めて触れるだけの優しいキスをした。

「もっとしてほしい」

橙吾さんと付き合って自分が甘えん坊だと初めて知った。必ず受け止めてもらえるという信頼があるから、安心して全部を預けられるんだよね。

「俺はキスだけじゃ足りない。後悔するくらい愛してやる」

嬉しくてつい、ふふふっと笑ってしまう。

「余裕があるのも今のうちだ。覚悟しておけ」

強引に私の唇を塞ぎ、吐息までも奪おうとする橙吾さんへの愛おしさがとめどなく溢れる。私たちは何度も求め合いながら互いの愛情を注ぎ合った。

四、陰るふたりの未来

大忙しのクリスマスシーズンを切り抜け、無事に新年を迎えてから早くも一カ月が経とうとしている。

橙吾さんとは喧嘩をしたり揉めたりすることなく、こんなに幸せでいいのだろうかと逆に不安になるくらい順調だ。

付き合ってまだ三カ月とはいえ毎日連絡を取り合っているし、週に一度のデートは欠かさないし、すっかり日常の一部になっている。

「ももちゃん、ちょっといい？」

閉店後の片付けをして、新商品の試作に取り掛かろうとしていると店長に呼び止められた。もうひとりの社員の子は先ほど帰っている。

厨房で丸椅子に腰掛けて向き合うと、店長は真面目な表情で口を開く。

「実はさ、千葉《ちば》県にポワッタビジューの二号店を出すんだ」

「え！　本当ですか！」

驚きと感激で、喉が痛くなるくらい大きな声で叫んだ。慌てて両手で口もとを押さえて「すみません」と頭を下げる。

「それでね、新店舗の店長をももちゃんに任せたいと考えているんだけど、どう？」

あまりに普通の調子で打診されたので、さっき叫んだばかりだし、これ以上大きなリアクションを取れなかった。でも内心激しく動揺して頭が真っ白になっている。

「ももちゃんがいなくなると困るけど、任せられる人間は誰だろうって考えたときに、ももちゃんが最初に浮かんでさ」

店長は一度も視線を逸らさず、まっすぐに私を見つめている。どれほど真剣に話をしているのかが伝わって、動揺ではない別の感情が拍動を強くした。

尊敬している店長に、ここまで期待してもらえるなんて嬉しい、本当に。

「お姉さんが千葉に住んでいるし、向こうに引っ越したら会いやすくもなるのかなって。勝手なお節介だけど」

店長には家庭の事情を話していたので、姉が結婚して東京《とうきょう》を離れてからは困った状況に見舞われたときに助けてもらっていた。

私を思っての言葉に鼻の奥がつんとする。

「そんなことないです。ありがとうございます」

「まだだいぶ先の話でね、これから店を建てるんだけど、向こうの店長をやってくれるなら、外装や内装、その他諸々についてもももちゃんの意見を最大限に尊重できたらいいなと思ってる。コンセプトはこっちとの違いを少し出していくつもり」

とんでもなく好待遇で、夢のような話にまだ現実味がなくぼんやりしてしまう。

「一応ずっと前から計画していたたなんだ。いずれここからひとり異動してもらおうと考えていたから、パティシエも余裕のある人数でやってきた」

寝耳に水なので、そうだったのかと呆気に取られた。

たしかに個人店にしてはパティシエが多い。かなり前から、二店舗目の計画を立てていたということか。

「違うコンセプトって、どんなふうにするんですか？」

「ここは東京駅から近く、お土産にも喜ばれる見栄えにもこだわった商品作りをしている。千葉県の店舗はどちらかというと住宅街よりで、ファミリー層の行動圏にある商業街なんだ。だから価格は抑えて、親しみやすいケーキ屋にしたい」

素敵だ。凄くいいと思う。

姉が結婚して仕事を辞めてからは余裕がなく、ケーキは贅沢品なのだと身に沁みてわかったと話していた。

だから姉の家に遊びに行くときは家でケーキを作って持っていくのだが、いつも甥っ子の朔斗《さくと》くんを含めて大袈裟なくらいに喜んでもらえる。

「急にいろいろ言われて混乱するよね。焦らずゆっくり考えてもらえればいいから。もちろん、ここでずっと働いてもらうのも嬉しいからね」

頷いて、お礼を伝えるので精一杯だった。

新店舗の件により、心ここにあらずの仕事ぶりになってしまったので、早々に切り上げて帰宅することにした。

「ムウ、ただいま」

返事はなく、部屋に入って電気を点けると、ムウはヒーターを設置した寝床で丸くなっていた。眉間を撫でると、ぐるるるっと鳴きはしたが眠たそうに目を閉じている。

本格的な冬を迎えてからムウは暖房器具の前からほとんど動かなくなって、猫はこたつで丸くなるという童謡の歌詞通りだ。

「ムウは、引っ越したらストレス感じるよね」

喉をごろごろ鳴らしているムウからは、当たり前だが答えは返ってこない。

雇われ店長とはいえ自分の店を持てるのだ。心が揺れないわけがない。ただ即答できないのは、今後の未来に大きく影響するとわかっているから。

長年そばで店長の働きぶりを見ていたからこそ、店を守るために様々なものを犠牲にしている事実も知っている。

ムウに留守番してもらう時間も増えるだろう。そして、橙吾さんとの時間は格段に減る。

……でも、千葉であれば橙吾さんのところへ通えない距離ではないし、彼の性格上応援はしても反対はしないはず。だから誰かに相談したところで、結局のところ決めるのは私だ。

帰ってきた格好のままムウの前で動けずにぼんやりしていると、スマートフォンがポケットの中で振動した。取り出すついでにダウンジャケットを脱ぐ。

店を出るとき橙吾さんに今から帰るとメッセージを送っていたので、今から少し会えないかという返事だった。

予定になく誘われるのは初めてだ。

十九時半を過ぎたところなので、非番の橙吾さんは普段だったら夕食と風呂を済ませる頃。大丈夫だと返すと、十分ほどでうちのインターフォンが鳴った。

「お疲れさま」

玄関の扉を開けて招き入れると、ぎゅうっと力強く抱き締められた。体躯のいい橙吾さんなので、背が高い方の私でも包み込まれる幸福感がある。

「やっと会えた」

私の頭頂部に顎をのせて呟いた橙吾さんの声から、愛情がひしひしと伝わる。

先週体調を崩し咳が治まらず、橙吾さんに移したくなかったので会う予定をなしにしてもらったのだ。だから今日は二週間ぶりに顔を合わせた。

「来てくれてありがとう。早かったね」

「一秒でも早く会いたかったから、車で来た」

急いでこちらに向かう姿を想像して顔がにやける。

「今日は早いんだな。会えないと思っていたから、よかった」

一瞬どきりとしたけれど、できる限り平静を装う。

「試作品を作るつもりだったけど、すぐに帰ってきた」

「もしかして、また体調が悪い？」

相変わらず優しい。店長から打診を受けてからずっとそわそわしていた心がすっと凪いでいく。

「ううん。そういうのじゃないよ、ありがとう。橙吾さんは時間大丈夫なの？」

「連休明けで、引き継ぎの確認作業をしっかりやっておきたいから、早めに出勤する。だから一時間くらいで帰るけど……」

申し訳なさそうにする表情に母性がくすぐられ、胸が甘やかな思いに締めつけられる。

「会えて、凄く嬉しい」

いつも頑張っていて偉い。上から目線に感じられそうで、直接は言えないけれど日々そう思っている。

とくに仮眠の時間帯に出動要請が入ったときは、まるっと一日起きていることになり、翌朝にメッセージなどで過酷だった状況を知って言葉にならないときもある。

橙吾さんが頑張っているから自分も頑張りたいし、付き合っていることでプラスに働く、高め合える関係だと思っている。

部屋に入ってもらって、橙吾さんがさくっと短時間で作ってくれたパスタを食べながら心休まる時間を過ごしていると、「あのさ」と声を改められた。

首を傾げる私から一瞬だけ目を逸らし、また戻ってくる。どことなく漂う緊張感にフォークをお皿に置いた。

「再来月にマンションの更新があるって言っていたけど、それ、更新しないでうちに引っ越してこないか？」

驚きすぎて声が出なかった。

「先週桃花が体調を崩したとき、そばで看病できたらいいのにって思った。桃花は近くに頼れる人もいないし、心配なんだ」

そこまで心労をかけていたんだ……。

「あとは単純に、もっと一緒にいたい」

橙吾さんのまっすぐで大きな愛情が胸の奥に刺さって苦しい。

私の方が好きだと疑わなかったけれど、もしかしたら橙吾さんの想いの方が大きいのかもしれない。だって、互いに忙しいから今以上に会う頻度を増やすのは難しいし、そもそも不満はなく現状で満足していた。

「試しに俺の家で数日暮らしてみるとか、そこから始めてもいい。前向きに検討してもらえないか」

同じ日に、大事な仕事と、大切な人との未来について選択を迫られるなんて。神様の悪戯とはこういうことを指すのか。

「わかった。急でびっくりしているから、また改めて返事をしていい？」

可愛げのある彼女なら、喜びに満ちた顔で即答するのだろうな。期待に応えられなくて心苦しい。

「もちろん」

本音はわからないけれど、不満や不安などの感情を一切表さずに微笑む懐の深さに、また気が咎める思いでいっぱいになる。

どちらにかんしても、一日でも早く決断しなければいけない。

「食べている途中なのに悪かった。冷める前に食べて」

橙吾さんは私のフォークにパスタ麺を巻きつけて、口もとに持ってきた。

「はい、口開けて」

〝あーん〟をされたのは初めてで、すでにもっと凄い行為をしているのに、無性に恥ずかしくなった。

たぶん顔が真っ赤になっている。その証拠に橙吾さんは楽しそうに柔らかい笑みを浮かべている。

美味しい。私が疲れているからと作ってくれた料理には愛情がいっぱい詰まっている。

橙吾さんがもう一度食べさせようとしたので大きく口を開けたのだが、目と鼻の先にあったパスタがふっと消え、中に入ってきたのは熱い舌だった。

唇を塞がれているので声が出ず橙吾さんの腕にしがみつく。

「悪い。桃花があまりにも可愛かったから、我慢できなかった」

ひとしきり吐息までも奪うような深い口づけをした橙吾さんは、額をこつんと合わせた状態で囁く。

こんなことされたら今度は私が我慢できなくなるのだけれど。

明後日は互いに休みなので一日ゆっくり過ごす予定になっている。それまでのおあずけか……。

千葉へ引っ越したらこうして急遽会ったりできない。新しい環境で、責任ある立場からのプレッシャーできっとつらくなるときだってある。そんなとき橙吾さんに会えない寂しさに耐えられるかわからない。

この考え方は甘ったれているのかな。安心して甘えられる対象ができて、甘えが出ているのかもしれない。でも橙吾さんが隣にいると、すべてを委ねたいと思ってしまう。

「どうした？　ご飯の邪魔をしたから怒った？」

ううん、と首を横に振って、今できる精一杯の笑顔を作った。

「再来月、またどこか旅行に行こう。温かくなってきている頃だから、外を出歩きやすいしさ」

「景色が綺麗なところに行きたい」

「そうしよう。ふたりで決めような」

当たり前に、先の予定を組んでくれるのが嬉しい。私たちが一緒にいることを疑っていないから。

自分だけじゃない、ふたりにとっての最善を考えなければいけない。それだけはたしかなのに、答えを導く方法がさっぱりわからない。

橙吾さんと暮らしたい。でも、店長として新店舗に携わりたい。

どうしたらいいのか。

食事を終えて手を合わすと、待っていましたといわんばかりに橙吾さんが私を抱き締めた。

「美味しかった。いつもありがとう」

「ご飯を楽しそうに食べているときの、桃花が好きなんだ」

食事中の私ですら愛でてもらえるのはありがたい。橙吾さんは私を可愛がりすぎている。年下だから、親が子どもに抱くような庇護欲に近いのだろうか。

「桃花〝も〟でしょ」

冗談ぶって目を細めると、「目つきが悪い」と笑われた。

流れる時間は穏やかで、心から癒やされる。いつまでもこの幸せな時間が続けばいいのにと思わずにはいられなかった。

＊＊＊

答えが出ないまま、あっという間に時間は過ぎていった。二月中旬の空には重たい灰色の雲があり、今にも雨が降り出しそうである。

十二時近くになり、売れ行き好調のバレンタインデーシーズンのために用意した新商品を追加でショーケースに並べていると、ひとりの女性客がやってきた。

「いらっしゃいませ」

パートスタッフと共に声を掛けると、女性客はケーキではなく私をじっと見据える。強い眼差しにたじろいで、接客中にもかかわらず顔を強張らせてしまった。

それほどの威圧感があり、唾を飲む。

「小早川桃花さんはいらっしゃいますか？」

脈絡なく飛び出した自分の名前に、心臓はさらに激しく鼓動する。

「私ですが……」

言葉が続かない。だって、面識はないはずだ。

「突然すみません。私、山科奈緒《やましななお》といいます。橙吾さんの件でお話したいことがあるのですが、お時間いただけないでしょうか」

橙吾さんの、なんだっていうのか。用件がまったく想像できなくて困惑する。しかし私用で店先に居座られるのは他客の迷惑になるので、迅速な対応をするしかない。

「昼休憩に入れるか上の者に確認してくるので、少し待ってもらってもいいですか？」

「わかりました」

山科と名乗った女性はなにも買わずに店を出ていく。

「桃花ちゃん大丈夫？　不穏な雰囲気だったけど」

パートスタッフが眉尻を下げ、外にいる女性のうしろ姿を見やった。

「たぶん……。すみません、行ってきます」

拳を握った手で頑張れ、の意味を表したスタッフに苦笑しながら頭を下げ、厨房へ戻る。

いいのか悪いのか店長から了承をもらい、急いでユニフォームを脱いで私服に着替えた。外へ出ると山科さんが寒そうに身体を丸めて立っている。

「お待たせしました。あの、どういったご用件でしたでしょうか」

「寒いのでどこかに入りませんか？　あ、あそこ、カフェですか？」

山科さんが指差したのは目と鼻の先にある喫茶店で、私は利用したことがないけれど、食事も提供しているとパートスタッフの人が話していた。

話をしながら昼食を済ませられるのでそっちの方が助かる。

「そうですね。行きましょうか」

一分もかからない距離を寒さから逃れるために早足で歩く。山科さんから話を振ってこないのでこちらも無言だ。

肌でぴりぴりと感じる居心地の悪さは、店内の空いている席について少し和らいだ。

ふたり掛けのテーブル席でメニューを広げ、山科さんは温かいハーブティー、私はデミグラスソースのオムライスを注文する。

水で口の中を整えてから、改めて正面に座る山科さんを眺める。

光にあたると薄っすら茶色くなる肩まで伸びた黒髪は艶があり、白くてふわわな肌と、血色のいいぷっくりとした唇と相まって白雪姫みたいな雰囲気だ。

ヒールのある靴を履いても背が私と変わらなかったので、おそらく百五十五センチくらい。

少女のような顔立ちは私とは真逆で、守ってあげたくなる儚さを漂わせている。

羨ましい。自分にはないものを兼ね備えている、こういう女の子に昔から憧れていた。

「私、橙吾の幼馴染です。桃花さんの話は、一応聞いています」

「あっ、そうなんですね」

橙吾さんの身近な人だと知り、肩にのしかかっていた重みがすっと軽くなる。

「それで、橙吾が『ソウミヤホールディングス』の御曹司というのは、もちろんご存知だと思うのですが」

初めて耳にする事実に絶句する。

ソウミヤホールディングスって、誰もが知っているあの大企業だよね。この世に同じ名前があってはならないほどの大きな会社だ。

そして唐突に本題に入った山科さんは相変わらず鋭い眼差しでいる。

「もしかして知らなかったんですか？」

愛くるしい顔立ちには似合わない、棘のある語気の強い話し方だ。

橙吾さんの幼馴染だからと安易に壁を取っ払ったけれど、どうやら山科さんは私に友好的ではないらしい。

肩をすぼめて頷くと、山科さんは眉間に皺を寄せた。その表情にどういう意味が含まれているのか想像もできない。

「さすがにソウミヤホールディングスはご存知でしょう。あそこは食品や飲料、スピリッツやビール、ワインなど、多岐にわたり製造しています。これまで家族経営できているので、橙吾も跡を継ぐために生まれてきたようなものです」

ああ、だからか。以前、橙吾さんが両親に消防士になるのを反対されたという話がようやく腑に落ちた。

できれば山科さんではなく本人から聞きたかった。しかし、知ってしまったからには仕方がない。

「橙吾が今も消防士でいられるのは、両親との約束があるからです」

「約束？」

席にオムライスとハーブティーが運ばれてきて話が一時中断する。こんなに美味しそうなのに、明るい気持ちで食事はできなさそうだ。

「どうぞ食べてください」

オムライスを手のひらで指し示した山科さんは、自身のハーブティーを口に運んだ。

仕草の一つひとつが優雅で育ちのよさがうかがえる。御曹司の橙吾さんと幼馴染というからには、彼女も大手企業の社長令嬢とか、そういった立場なのかもしれない。

「消防大学校に通い、消防士として働く条件として、将来会社に利益をもたらす、親の決めた相手と結婚することを提示されました。そして橙吾はそれを呑んでいます」

咀嚼しているものの味が感じられないほどの動揺が走る。

じゃあ、どうして私と付き合っているの……？

意志とは関係なく手が小刻みに震えてスプーンを皿に戻す。

「橙吾は結婚願望がないし、ただ単に桃花さんを気に入って付き合っているだけだと思います。たかだか四カ月程度の付き合いですもんね」

棘のある言葉が胸に突き刺さって痛い。そんなことない、という確固たる自信が自分にあればいいのだけれど、残念ながら否定材料がないのだ。

同棲の話はあるが、その先に結婚があるのかどうかはわからない。ただなんとなく、二、三年付き合って、自然と形になるのかなと考えていた。

「桃花さんと結婚するとなったら、橙吾は消防士を辞めさせられ、ソウミヤホールディングスで働くことになるでしょう。それについて桃花さんはどう思います？」

私が口をつぐんでいる間に、山科さんは容赦なく厳しい言葉を叩きつける。

どう思うって……。そんなの、いいわけがない。橙吾さんが消防士の仕事に誇りを持っていて、大事にしているのを理解しているつもりだ。

「なにかの過ちで、子どもができたら最悪ですよ」

さすがにその言いぐさは聞き流せない。

「わかりました。一度、橙吾さんと話し合ってみます」

気圧されないように強い口調で言い切ると、山科さんは胸の前で両手をぽんっと合わせた。

「よかった！ 桃花さんと付き合ってから私ずっと心配で。婚約者候補のひとりである私の方が、橙吾のことをわかっているし。桃花さんに納得してもらって安心しました」

山科さんは口を挟む余裕など与えない勢いで捲し立てた。

「え、あの、婚約者っていうのは」

「宗宮のおじさまに、ソウミヤホールディングスと釣り合いの取れた会社、例えばうちのような『ヤマシナ』の社長の娘である私が、結婚相手に相応しいと言われました」

「ヤマシナって、あの、食品メーカーの？」

驚きから声が掠れた。

株式会社ヤマシナは大手食品メーカーで、主にメディカル給食向けの冷凍食品の製造と販売を行っている。

山科さんは勝ち誇ったような微笑を浮かべただけで、質問に答えず自分の話を進めた。

「何人かいて、お見合いもしましたけど、橙吾が全部断っちゃったんです。だからおじさまとおばさまには、私が結婚するから安心してって伝えてあります。おかげで橙吾も今は自由に生活ができて助かっていますよ」

それがすべて事実だとしたら、私は橙吾さんとの未来を考えられない。私が好きになった彼は、そんな人じゃないもの。

「橙吾から生きがいである仕事を奪うなんて、できないですよね。好きならなおさら。私も同じだからわかります。ああ、よかった、本当に。桃花さんが橙吾の幸せを願って、別れてくれて」

「ちょっと待ってください。別れるなんて、私――」

「お礼にここのお代は払わせてくださいね。ありがとうございました」

山科さんは一方的に言い放って、バッグを開けながら席を立つ。財布を取り出してお札を一枚テーブルに置くと、顔を合わせてから初めて見る満面の笑みを振り撒いた。

「多すぎます」

注文したものを、もう一度頼めるほどの金額だ。

「それしか持っていないんです」

「私が払います。それと、まだ話は終わっていないです」

「えー？　桃花さんって、よくわからないこと言うんですね」

それはこっちの台詞だ。なんなのこの人、滅茶苦茶じゃないの。

訴えも虚しく、山科さんは最後までマイペースを貫いて去っていった。

ひとりになり、残ったお札とオムライスを放心状態で見つめた。どのくらいそうしていただろう。隣の席に四人組の賑やかな女性たちが通されて、ようやく正常な意識が戻ってくる。

休憩時間はあと十五分しかない。食べ物に罪はないのでオムライスを食べきり、山科さんが置いていったお札は綺麗に折り畳んで財布にしまう。

橙吾さんとの話し合いの際に、本人に返してもらうようにお願いしよう。

思い出すと胸が締め付けられて苦しくなるような内容だったけれど、橙吾さん本人から聞くまでは真に受けてはいけない。

たった四カ月だろうと、私たちは信頼関係を築いてきたはずだもの。

会計を済ませて店の外に出ると、白い糸のような静かな雨が空から降っていた。

傘を持っていないので仕方なく小走りでポワッタビジューに向かう。しかし走り出してすぐに歩道の段差に足を引っかけて盛大に転んでしまった。

デニムのパンツを穿いているので膝は多少守られたけれど、咄嗟についた手のひらは無防備だったのでかすり傷から血が滲んでいる。

最悪だ。これでは仕事に影響が出る。

仕事と恋愛、どちらも自分の思うようにしたいと欲張ったから、罰があたったのかな。

心が弱って、ありもしないことが脳裏をよぎる。

込み上げた涙を抑えられない。雨で涙を誤魔化せたことだけが不幸中の幸いだった。

午後からの作業は、防水の絆創膏を貼った上にゴム手袋をしてなんとか対応した。膝は痛みからは想像できないくらい擦りむいていて、見なければよかったと後悔したほどだった。

しばらくはゆっくりお湯に浸かれない。

「ももちゃん、血は止まった？」

閉店し、片付けをしていると心配そうな顔をした店長に声を掛けられる。

「一回絆創膏を取ってみないと、わからないですね」

「そっか。洗い物とか俺がやるし、無理しないでね」

店長の優しさに目の奥が熱くなる。

自分の不注意で迷惑を掛けて情けない。

「千葉の店舗って、ここから通うのは難しいですか？」

今月いっぱいまでは考えていいと言われたのだが、いい加減返事をしないといけない。

「通えなくはないけど、なにかあったときに駆けつけられる距離じゃないと厳しいな。ももちゃんは車を持っていないし、例えば天候で交通網が麻痺したとき、店長不在じゃあ店が回らない」

少し考えれば誰でもわかるような話をしているのだと気づき、猛烈に恥ずかしくなる。

「そうですよね、当たり前のことを聞いてすみません」

「難しそう？」

店長は他にもたくさん考えることが多いのに、いつまでも気を揉ませているのが申し訳ない。

「休み明けの明後日、返事をさせてもらってもいいですか」

明日は定休日だ。

「わかった」

店長は私を気遣ってか必要以上になにか言ったりしなかった。

怪我をしたので今日のところは無理をせず早めに帰宅し、シャワーを浴びて患部を清潔にしてから新しい絆創膏を貼る。

山科さんとの出来事でこれ以上潰れないようにと心を奮い立たせていたので、ここでようやく肩から力を抜くことができた。

話がどこまで本当なのか自分で調べられないかと、インターネットでソウミヤホールディングスについて検索をかけてみた。あちこちに飛ぶ中で掲示板を見つけ、そこに次期社長は誰なのか憶測が飛び交っている書き込みがあり、ひとり息子がいるが、まったく関係のない仕事をしている情報が載っていた。

ネット社会は怖い。そして、山科さんの話に現実味が帯びてきた。

橙吾さんは当務で話し合いができないので、明日の夜に時間を作ってもらって答えを出そう。

一応、千葉に行くという方向で意思は固まってきている。ただ不安定な精神状態では、物理的な距離だけでなく気持ちも離れてしまいそうなので、きちんと解決させてから店長に伝えたい。

ざわつく心を静めようと夕飯の準備に取り掛かったところで、牛乳を切らしているのを思い出して絶望した。

やらかした。昨日のポトフの残りをシチューにしようと、すでにルウを入れてしまった。

なしでも食べられるけれど……。

「コンビニ行くかぁ」

せっかくの食事だ。美味しく食べたい。

湯冷めをしないように裏起毛のスエットを上下に着て、ストールを巻いて、さらにダウンジャケットのフードを被る。最後の仕上げに、お腹にホッカイロを貼って家を出た。

今の時期は絶対に休めないから風邪を引くわけにはいかない。

歩いて五分ほどの道のりを歩き、コンビニエンスストアで無事にお目当ての牛乳を購入する。ついでに明日の朝に食べる総菜パンも手に入れた。

腹持ちがいいように朝はお米と決めているけれど、気分転換になるし、いいよね。

前向きでいるように努めなければ、真っ黒でよくないものが迫り上がって全身を覆いつくす。

ストールに首を縮こませて家路を急いでいると、どこからともなく流れてきたサイレンの音が耳をつんざいた。

これは……消防車と、救急車？

立ち止まって、どこから来ているのか確認しようと辺りを見回す。するとコンビニエンスストアが並ぶ幹線道路に、交差点を曲がった消防車が突如として現れた。

消防車が風を切ってすぐそばを走り過ぎ、動悸が激しくなり、短く速い呼吸になった。脈絡のない動揺が身体の中心でぐるぐると渦を巻いている。

ポワッタビジューに近い場所で暮らしたく、生活圏内に消防署があるのはわかっていたが、気に入るマンションが今のところしかなかった。

トラウマは遊園地という場所に限定されていると感じていたし、消防車や救急車のサイレン音で、母親が亡くなったときのことがフラッシュバックするとはいえ、大丈夫だろうと高を括っていた。

ここ最近事故や両親について思い出す機会が多かったから、敏感になっているのかもしれない。

二台、三台と、時間差で消防車が通り過ぎていく。

けっこう大きい火事なのかな。橙吾さんはきっと乗っていたよね。

エコバッグを持っていない方の手で、太鼓を打ち鳴らしているかのような拍動を続けている胸を押さえる。

そうこうしているうちに、また新たな消防車が走り抜けていった。

あまりに出動数が多い。いったいなにが起きたのか。

マンションの方向でもあるので、転ばないように気を配りながらひとまず歩みを進めていると、背後からバタバタと騒がしい足音と声が聞こえた。

立ち止まって振り向くと、大学生くらいの男性三人がスマートフォン片手に走っている。

「まだ⁉」

「もう少し、すぐそこ！」

「ヤバいって。十台は来てる」

もしかして火災現場に向かっている？　そうだとしたら、すぐそこって、私の知っている地域なのではないだろうか。

昔から感受性が強いので、ニュース番組ですら悲しみを引き連れてくるようなものは見ないようにしている。だから事故や火災現場に近づこうという発想すらないのだが、妙な胸騒ぎがして気にせずにはいられなかった。

住んでいるマンションに無事辿り着き、うちが燃えているのではないと確認してほっと胸を撫で下ろす。しかしどこからともなく漂ってくる焦げ臭い匂いにまた拍動が強くなって前方に目を凝らすと、真っ赤な炎が空に伸び広がっていた。

「……嘘でしょ」

炎が見える辺りには工場などはなかった記憶だ。足を止めている間にも、どこからともなく現れた人々が同じ方角へ引き寄せられていく。

ぐっと奥歯を噛み締めて私も続いた。

どれくらいの時間がかかったのか定かではないが、マンションからの距離からかんがみて五分程度と推測する。現場には離れた場所から様子を見守る多くの人たちと、声を張り上げて指揮する消防隊員たちで騒然としていた。

赤いランプが建物の外壁に反射して周囲を光らせ、黒煙と炎が上空を覆いつくしている。放水隊だけではなく、救助隊や特殊車両も目視で確認できる。

これらは橙吾さんから仕事内容について教えてもらっていたので知識としてはあったが、映像や写真以外で目にしたのは初めてだ。

放水が始まるようで、隊員たちが怒号にも聞こえる大きな声でなにやら確認を取り合っている。オレンジ色の制服を着た隊員たちが駆けていった中に、見慣れたシルエットを見つけた。

あれ、もしかして橙吾さん？

防護服に覆われて顔もわからないけれど、背の高さや身体つきからして、きっとそう。

日頃から厳しい訓練を行い、こういう事態に備えてありとあらゆる知識を詰め込んでいる彼ならば、被害を最小限に抑えて消火できるはずだと信じている。

頑張って、橙吾さん。

悲しいわけでも不安なわけでもないのに涙が込み上げて溢れた。

「危険ですので、避難してください！」

状況が思わしくないのかもしれない。これまで見守っていた私たちのところに消防隊員が来て、現場から立ち退くように声を張り上げる。

ここで様子をうかがっていたのを知ったら、橙吾さんはきっと私を叱るだろう。迷惑をかけるわけにはいかない。あとは部屋に戻ってニュースで状況を確認しよう。

踵を返し、持っているビニール袋を持ち直す。緊迫した空気ではまったく気にならなかったのに、現実に戻ってきたら手のひらの痺れが気になった。

ずっと持っていたのだから、そうなるよね。

防寒対策をしっかりしておいてよかった。おかげで寒さは感じていない。

……知識としては頭にあっても、働く姿を目にして、改めて橙吾さんの仕事がどういうものなのか身に沁みてわかった。

『橙吾から生きがいである仕事を奪うなんて、できないですよね』という山科さんの言葉が脳裏に響く。

橙吾さんがハイパーレスキューであり続けるためには、私と別れるしかないのだ。

たとえ橙吾さんが私との将来を描いていて、そのためなら仕事を犠牲にするのもいとわないとしても、私が原因で消防士を辞めたら、一生罪悪感に苛まれて幸せな日々を送ることはできない。

親の決めた相手と結婚という部分が本当であるならば、どうあがいても、私たちが肩を並べて過ごす未来はないのではないか。

諦めの気持ちで心が埋め尽くされて、どうやって部屋まで帰ったのか記憶になかった。

五、三年経っても変わらぬ想い

「ごめんね、橙吾さん。別れてほしいの」

「意味がわからない。急にどうしたんだ」

橙吾さんは怒るでも悲しむわけでもなく冷静な態度で私に問いかけた。

さすがだ、別れ話のときですら取り乱さないなんて。おそらく私の心の方が荒れている。

しかしそれを表に出すわけにはいかないので、感情のスイッチをオフにしようと努める。

「千葉の新店舗で店長として働くことになったの。だから千葉に行く」

「それは、いつから決まっていたんだ」

「同棲の話をもらったとき。どうすべきかずっと悩んでいたけど、夢を取ることにした」

橙吾さんは、私の瞳を射抜くように見つめている。

大丈夫。すべて事実だから堂々としていればいい。

自身に言い聞かせて、橙吾さんから注がれる熱視線を真正面から受け止めた。

「千葉なんてすぐ会える距離だ。別れなくてもいいだろう。俺は管轄の事情で東京を離れられないが、千葉寄りに引っ越しはできる。さすがに今すぐは難しいけど、落ち着いたら一緒に暮らせばいいじゃないか」

この分譲マンションを離れてまで、私と暮らす気持ちがあることに正直驚いた。

もっと簡単に別れ話が進むと思っていたのに、予想外に食い下がられて決心が揺らぐ。しかし次の瞬間には山科さんの台詞が脳裏に呼び起こされて、別れる選択肢しかないのだと心を立て直した。

「落ち着いたらって、いつになるの？　今ですら週に一回会えるかどうかなのに、距離が遠くなって、仕事も忙しくなったら、もっと会えなくなるよ」

橙吾さんを納得させるために話していることが、自分の胸にも痛いほど刺さる。

「私は難しいと思う。互いを縛りつけるメリットはないよ」

「好きだから付き合う。それ以外の理由がどこにあるんだ」

山科さんに会う前の私であれば、橙吾さんの意思を素直に受け入れて喜び、彼の考えに共感を示せただろう。

結婚はタイミングって言うけれど、こういうものなのかな。狂った歯車を軌道修正するのは難しい。

まあ、私たちの間には結婚のけの字すら出ていないけれど。

「好きだけの気持ちでやっていけるほど、私たちは若くないし、築き上げたものも少ないよ」

「桃花、やめてくれ。どうしてそんなうしろ向きなんだ」

「ちゃんと前を向いている。お互いの幸せのために別れるべきだよ」

声が震えた。橙吾さんに気づかれただろうか。

深い溜め息をついた橙吾さんは、膝の上で両手を組んで俯いた。

大きな掃き出し窓からは嫌になるほど眩い光が差し込んでいる。視界に入る範囲で雲はひとつもない。

この部屋に来るのもこれで最後になるのか。短い間とはいえ思い出はたくさんあるし、一緒に暮らす別の世界線もあったのかもしれない現実が切なさを生んで、苦しみに喉が締めつけられる。

いけない。長引かせたら泣いてしまう。

「……それだけじゃなくてね、やっぱり苦しいの」

橙吾さんは下を向いたままだ。背の高い彼のつむじを見るのは初めてだな、と悲しみに麻痺し始めた心で続ける。

「両親を亡くしているから、生死と隣り合わせの、消防士である橙吾さんのそばにいることに、疲れた」

胸が切り刻まれたかのように痛い。私は今、橙吾さんを一番傷つける発言をしているのだ。

「昨日、すぐ近くの住宅火災の現場にいたの。橙吾さんが働いている姿も見た」

橙吾さんが顔を上げて驚く。

「怖かった。お母さんが亡くなったとき突然死というのもあって、消防車と救急車が両方来たんだけど、そのときの光景を思い出した。あと、遊園地の事故も」

橙吾さんの腕が伸びてきて私の手を優しく握る。温かくて、ずっと触れていたいと本音が抗ってくる。

「橙吾さんが、いなくなってしまったらって……」

声が掠れて、つかえた。橙吾さんの手に力がこもり、想いがひしひしと伝わって握り返したくてたまらなくなる。

「ずっと不安と隣り合わせは、耐えられない」

橙吾さんから大切な仕事を奪うかもしれない自分の存在が嫌になった。もちろん、怖かったのも本音だ。

怯えているだけの私とは違い、勇敢に炎へ飛び込んでいく姿はカッコよくて、誰にでもできる仕事ではないからこそ辞めてほしくない。

「ごめんなさい」

これ以上言葉を紡げない。

黙りこくった私の手をそっと解放した橙吾さんからは、「わかった」とだけ返ってきた。

＊＊＊

苦しくなって目を開ける。はあ、はあ、と自分の呼吸音が静かな部屋に響いており、全身が汗でぐっちょりと濡れていて気持ちが悪い。

久し振りに、別れた日の夢を見た……。

寒気で震えているのか、悪夢にうなされて過呼吸になっているのか自分でもわからない。ただ、今朝がいい天気というのはわかった。

遮光レベルがそう高くないカーテンからは朝の光が透過しており、鳥のさえずりも聞こえる。

　三年前、橙吾さんと別れてから店長に千葉へ行くと伝え、正式に新店舗での店長を任された。

　店からも姉の家からも近いマンションを契約して引っ越しを済ませ、毎日慌ただしく過ごす日々が続き、このまま橙吾さんを忘れられるはずだった。そんな最中、予想外の出来事が起こった。それは——。

　隣で布が擦れる音がして顔を向けようとしたとき、お腹に衝撃と共に痛みが走った。

　……痛い。

　右隣で寝ている二歳半の娘、桜子《さくらこ》が寝返りを打った際に私のお腹に足を叩きつけたようだ。痛みを逃がそうと一度大きく深呼吸をして、娘が起きていないのを確認している うちに再び当時の記憶が襲ってくる。

　千葉に引っ越した頃にはすでに妊娠していたのだが、食欲不振に陥って一カ月で二キロ痩せたのも、生理が遅れているのも、橙吾さんとの別れからきている精神的なものだと疑わなかった。

　それがどうして判明したかというと、ある日突然ひどい貧血に見舞われて倒れたのがきっかけだ。

たまたま姉と部屋で過ごしていたので病院へ行こうという話になり、最近の体調についてあれこれと説明していたら脈絡なく言われたのだ。『桃花、妊娠しているんじゃない？』と。

いつも避妊していたので、絶対に違うと否定した。ただ生理は遅れていたので、どちらにせよ産婦人科に行くことにした。

そして妊娠が発覚したのだ。

あのときは先生に超音波の映像を見せられても、にわかに信じられなかった。でも自分なりに調べて、避妊していても妊娠する確率がゼロではないと知ったんだよね。

幸せと悲しみの記憶が混じっているあの頃のことは、精神が病むから極力振り返らないようにしている。それなのに時々こうして夢を見るのがつらいところだ。

夢でしか橙吾さんに会えないし、頭のどこかで忘れたくないというのがあって、悲しくても思い出すのを止められないというのは自分で理解している。この矛盾はいつまでも続きそうだ。

……気持ちを切り替えよう。何時かな。

時間を確認するため腕を動かそうとするものの、娘の半身が上にしっかりとのっているせいで動かないとわかり苦笑する。

「……さーちゃん、重い」

もしかして目が覚める前にも桜子が乗っかってきて、重みで寝苦しくなってあんな夢を見たのか。

愛くるしい天使の寝顔を眺めながら苦笑した。

ううん、違うよね。一日だって橙吾さんを忘れた日はないので、潜在意識が見させたのだろう。

そうっと腕を引き抜くと、桜子が唸り声を上げる。反応して左隣からがさごそと布が擦れる音がし、身体を反転させると双子の兄、紅汰《こうた》が眉間に皺を寄せて目をぱちぱちとさせていた。

「こうくん、おはよう」

私にそっくりな顔を見つめながら、幸せな時間だなぁと胸が温かくなる。

自分のタイミングで起きられなかったせいか、紅汰は機嫌悪そうに口をへの字に曲げた。

朝からイヤイヤされるのは困る。

「こうくん、かにさんパンあるよ。食べようか」

こういうときのために隠してある、双子が好きな蟹の形をしたパンを出すことにする。

「うんっ」

さっきまでの不機嫌はどこへやら、勢いよく起き上がった紅汰はそのままの勢いでベッドから飛び降りようとした。

「ちょっと待って！」

慌ててうしろから抱き寄せると、体勢を崩して布団の上に転がった。

これでまた怒り出しそうなので、機転を利かせて脇の下をこちょこちょする。すると紅汰は楽しそうに笑い転げた。

改めて抱き上げて床に下ろし、小さな頭をするりと撫でる。

「ママは、さーちゃんを起こすね」

「あーいっ」

舌足らずの返事をして紅汰は元気よくリビングへ駆けていく。

１ＬＤＫの間取りはそう広くない。またどこかにぶつかって大きな痣を作らないといいけれど。

保育園や公園で周りの子を見ても、紅汰ほどわんぱくで激情型な子どもはいない。

自我が芽生えて自己主張が強くなる、いわゆるイヤイヤ期に入った半年前には、ノイローゼ気味になって姉に泊まり込みで助けてもらっていたほどだ。

だいぶ慣れたとはいえ癇癪も起こすので、いまだに紅汰には手を焼きっぱなしでいる。

それに比べて……。

「さーちゃん、そろそろ起きませんかぁ」

のんびりと声を掛けると桜子はくりっとした目を開け、私を認識すると陽だまりのような笑みを浮かべた。桜子は本当に橙吾さんそっくりだ。

「可愛い～癒やされる～」

抱きつくと、小さな手が胸をぱしぱしと叩く。つれない。

「ぱん！」

「はーい。かにさんパンあるよ」

桜子は瞳をきらきらさせ、紅汰がいないのを確認してからベッドの上をはいはいで移動し、慎重に段差を下りる。

おおらかな性格は橙吾さん譲りかな。だから紅汰は私の性格に似ているのだろう。

ただ両親は亡くなっていて聞くことができないし、姉もよく覚えていないそうだ。

リビングへ入り、ふたりがそれぞれ遊んでいる姿を確認してから準備に取り掛かる。

日曜日の今日は用事があるのでアラームをセットしたが、鳴る二十分も前に起きられたのでゆっくりできそうだ。

「ムウ、おいでー」

自分の寝床で丸くなっているムウは欠伸をして、のんびりとこっちに歩いてくる。

幸いにも双子に猫アレルギーはなく、ムウとも変わらず生活できている。ただすっかり大人に成長したムウはおもちゃで遊ばなくなり、一日のほとんどの時間を寝て過ごすようになった。

たくさん撫でても怒らないムウなので、双子はぬいぐるみを愛でる感覚で可愛がっている。

プレートにパンとミニトマト、ごぼうと人参にマヨネーズをかけたサラダ、バナナをのせてテーブルに置く。

音に反応して紅汰は駆け寄ってきたが、桜子はお気に入りのぬいぐるみで遊ぶのに夢中だ。

「さーちゃん、ご飯食べよう」

「あーい」と返事をして桜子が席に着く頃には、もう紅汰はパンをぼろぼろとこぼしながら食べていた。

私は白米を解凍したものの上に、納豆と卵をかけたものを口にかき込む。お茶を流し込んだあとは急いで身支度に取り掛かった。

カウンターキッチンがある場所に壁掛け鏡を設置しているので、ふたりを見守りながら立ったまま化粧をするのが日常だ。

双子が生まれるまでは化粧は濃くするのが好きだった。今は丁寧に時間をかける余裕がないし、家事育児をしていると真冬でも汗をかくので徐々に薄くなった。

これはこれで似合っていると姉からお墨付きをもらったし、最近は私自身も見慣れて、昔の写真を見ると違和感を抱くほど。

昨日の夜は洗い物をする余裕がなかったので、ふたりの正面に立ちながら食器を片付けていく。

時間が余ったら、出掛ける前にふたりと少し遊べるかもしれない。そう思った直後だった。

物が落ちる大きな音がして、反射的に「きゃっ」と悲鳴を上げる。すぐに我に返ってテーブルに駆け寄ると、紅汰がプレートを落としていた。

「大丈夫？　どこも痛くない？」

紅汰は首を横にぶんぶんと振って涙を滲ませる。

お皿は割れていないし、お茶で軽く濡れただけかな。

「バナナが落ちちゃったから、悲しい？　新しいやつ持ってくるね」

軽く抱き締めて背中を擦りながら諭すと、紅汰はすぐに落ち着いた。

「さーちゃんもびっくりしたね」

こちらの様子をうかがって、やり取りをしている間は食事をストップさせていた桜子も、気持ちを切り替えて口を動かし始めた。ムウはどのタイミングで移動したのかわからないが、姿を消しているので廊下か寝室に逃げたのだろう。

紅汰にバナナを手渡したあと床を拭く。

こういうのって、いつから一緒に片付けてもらえばいいんだろう。いつもお姉ちゃんに聞こうと思うのに、すぐ忘れちゃう。

慣れない育児、しかも双子なので、寝る時間も足りないくらい目まぐるしい日々を送っている間にふたりはこんなにも大きくなった。

育てているというより、なんとか生かしている、と表現する方が正しいのではないかと、母親として自信を失いそうになるときは日常的にある。

ただでさえ片親で寂しい思いをさせているというのに……。

父親である橙吾さんの名前に色が入っているのにちなんで、紅という漢字を使った。

桜子も、私に桃という植物の名前が入っているからお揃いにした。

由来を説明するのが先か、父親について打ち明けるのが先か、どちらになるのかわからないけれど、それまでにいい加減心の整理をしなければいけない。

ふたりで過ごした四カ月の何倍もの時間が経過しているのに、まだあの頃の記憶の中で私は生きている。

別れて、仕事に邁進して、別の人と付き合っていたら風化したかもしれない。でも目の前にいるこの子たちの存在が橙吾さんそのもので、消し去るなんてできないのだ。

私って未練がましいな。

三十五歳になった橙吾さんはきっと結婚して家庭を持っているに違いない。それが山科さんだと想像するだけで胸が重くなるが、自分で選んだ道なのだから乗り越えるしかない。

双子の支度を終えて時間を確認すると、出発まで十五分の余裕があった。

キッチン道具でおままごとをしている紅汰のそばに座る。

「お腹が空いたから、なにか作ってもらえないかなぁ」

ふたりが同時に振り向き、目を丸くしている。すぐに動いたのは桜子で、ぬいぐるみを私の隣に座らせた。

るだろう。

「まんま、いりゅ?」

「いるいる。お腹ぺこぺこ」

私に任せろと言わんばかりの顔をして、おもちゃの鍋に野菜などを入れ始める。

紅汰は話しかけてこないものの、真剣に調理をしているのできっと運んできてくれるだろう。

可愛い姿をスマートフォンのカメラで撮影し、映りを確認してからまたシャッターを切る。写真フォルダはふたりで埋め尽くされている。

今日はこれから東京の本店へ行く予定にしている。でも、行きたくないというのが本音だ。

数日前に店長から、折り入って話があるから東京の本店へ来てほしい、というメッセージが届いた。直接話をしたいからこうして連絡をしてきたはずなので詳細は一切聞いていない。

なにか悪い話だったらどうしよう。

急にそわそわしてきて、意味もなく立ち上がる。

「まま、こっち」

突っ立っていると桜子に手を引っ張られ、現実に意識を戻して座り直す。

「どーじょ」

小さな子ども用テーブルにはコップと、たくさんの野菜と魚と果物がのった皿が置いてある。

「ありがとう。すっごく美味しそうだね。食べていいのかな？」

「ぱんかいしょ」

「乾杯ね。こうくんも一緒にどう？」

誘ったが紅汰はおもちゃのフライパンでなにやら炒めている。

集中力は紅汰の方があるんだよね。さーちゃんは、どちらかというと飽きっぽいところがある。

乾杯をして飲むふりをし、桜子が用意したものを食べるふりをした。

「ごちそうさまでした。さあ、さーちゃんはお片付けしよう」

桜子を手伝いながら紅汰の様子をうかがう。

「こうくん、できた？　そろそろお出掛けしたいな」

「いや」

私にとって一番恐怖を感じる言葉だ。

「上手にじゅーじゅーって料理できたから、お皿にのせようか」

どうにかひと通りの流れが終わるように誘導する。お皿を持って近づくと、紅汰はフライパンから食べ物を移す。

よしよし、順調だ。

「まま－、ちっち」

桜子の声に思考を一旦停止し、天井を仰いだ体勢で目を瞑った。

終わった。何故このタイミングで……。

トイレトレーニング中の双子は基本的におむつを穿いているのだが、こちらが誘ったときや、気が向いたときだけ本人たちがトイレに行ったりする。

大人の都合で今はやめておこうなんて口走った日には、これまでの苦労が水の泡となる。

頑張れ、自分。

折れかけた心を奮い立たせ、桜子を抱えてトイレへ急ぐ。補助便座を使って上手に用を足せたので、盛大な拍手と共に褒めちぎった。

もうこの時点で家を出る予定の時間になっている。急いで紅汰のところへ駆け寄ると、おままごとをやめて他のおもちゃを物色しているところだった。

なんてありがたい。

「こうくん行こう。車でおうた歌おう」

紅汰はぼんやりしていた顔をすっと引き締めて玄関へと走り出した。猪突猛進というのだろうか。

片付けができなくて部屋は散らかったままだが致し方ない。エアコンがオフになっているのと、ムウの姿を確認して玄関へ急ぐ。

三月中旬の朝晩はまだ冷えるので暖房器具は必須だが、日中は厚手の上着を羽織っていたら汗ばむ日も出てきた。春はすぐそこまで近づいている。

双子を保育園に預けるようになってすぐに軽自動車を購入した。歩いて通える距離だが、目に映るものすべてに興味を持つ子どもたちを、まっすぐ歩かせるのは至難の業。倍以上の時間がかかり、しかも紅汰が癇癪を起こしたら完全に足止めをくらう。

ペーパードライバーだったので義理の兄に頼んで運転の練習に付き合ってもらい、その間は姉に双子の子守をお願いした。

両親がいなくても姉家族のおかげでどうにかやれている。

保育園で童謡をたくさん歌っているので、車内で名曲集を流すとふたりは声を張り上げる。

可愛いなぁ。運転中だから無理なんだけど、動画撮りたかった。

毎日大変だけれど、この愛おしい時間を守るためなら頑張れる。

今朝起きるまでは電車で行くつもりだったが、紅汰の機嫌に波があるのでやむを得ず東京のポワッタビジューまで車で行くことにした。

一時間ほどかけて到着し、以前と変わらない街並みを眺めて懐かしい気持ちになる。わりとすぐに始まったつわりで出産までばりばり働くという計画は崩れ、新店舗の店長を辞退した。ぎりぎりまで様子を見ようと言ってくれた店長の優しさは、今思い出しても胸を締めつけて涙腺を脆《もろ》くさせる。

産後は双子育児という壮絶な日々が待っており、とてもじゃないがパティシエを続けるのは無理だった。

現在は迷惑をかけた償いの気持ちで新店舗のパートスタッフとして働いている。週五日勤務なのは社員と変わらないが、朝は遅めに出勤して、夕方は早めに帰らせてもらっている。

今はなんとかやっていけているが、双子たちの教育費がかかるようになったら働き方や、場合によっては職場を変えなければいけない。

店舗の駐車場に車を停め、念のために周囲に目を凝らす。

いるはずのない橙吾さんの姿を探している自分に溜め息をつき、波立っている感情を落ち着かせようと深呼吸する。

遭遇したらどうしようといらぬ心配をして滑稽だ。そもそも店に来るわけがないよね。元恋人が勤めていた場所になんて近寄りたくないはずだもの。

「さーちゃん、こうくん、行こうか」

ふたりを連れて車から下り、久し振りに店に入る。ショーケースの向こう側には見知らぬスタッフがいて、「いらっしゃいませ」と声を掛けられた。

無性に寂しくなる。もうここは私の居場所ではないのだ。

「小早川桃花と申します。店長と約束をしているのですが……」

「ああ！　お待ちくださいね！　店長ー！」

大学生だろうか。若くて元気のいい可愛い子だ。

奥から店長が出てきて朗らかに笑う。

「わざわざ来てもらってごめんね。俺が行けたらよかったんだけど、直近で都合がつかなくて」

かなり急ぎの用件なんだよね。予想がつかないので、どういうテンションで反応していいのか迷う。

厨房に案内されると、私が勤めていた頃に入ったパティシエの渚《なぎさ》ちゃんが作業中の手もとからぱっと顔を上げた。

「桃花さん、お疲れさまです」

にこにこ顔を向けられて胸が温かくなる。お菓子は繊細で時間との勝負なので目を離せないし、彼女にとって最大限の挨拶なのだ。

私が抜けてから新しいパティシエを雇ってはいるが、なかなか定着せずに辞めていくと店長が悩みを吐露していた。

現在もひとり足りていない状態で大変なのは身に沁みてわかっている。店長が千葉店へ来られないのもそのせいだったりする。

パイプの丸椅子を持ってオーブンから離れた場所に移動し、子どもたちには店長からもらった店の商品である無添加クッキーを渡した。

「少し見ない間に、また大きくなったね」

たくさん迷惑をかけたので、店長には橙吾さんと交際して別れに至った経緯について話してある。

偏見を持たずこれまでと変わらない態度で接し、私の都合を最優先で働かせてくれている店長には足を向けて寝られない。

「来年三歳だっけ」

「九月で三歳になります」

「年少さんになる？」

「保育園での年少クラスは、再来年ですね」

クッキーがよほど美味しいのか、ふたりは一心不乱に食べている。

「となると、小学校まで四年あるか」

なんの計算なのだろう。三十七歳になった独身の店長には甥っ子と姪っ子がひとりずついるらしいので、子どもにかんしてまったくの無知というわけではない。

だから今日もこうして事前に、二歳半の双子が食べられるものを用意しておいてくれていた。

コンベクションオーブンが鳴り、渚ちゃんがミトンをはめてドアを開ける姿を眺める。今はシュークリームを作っている最中だ。

一緒になって渚ちゃんを見やりながら、店長が「あのさ」と声を低くした。

「もう一度パティシエとして、こっちで働かない？　これからはパティシエを、四人体制にするつもりなんだ」

こちらへ視線を戻した真剣な面持ちとぶつかる。

時間をかけて頭が状況を理解し始めると、拍動が激しくなって太腿の上に置いてある両手をぎゅっと握った。

「……ここって、ここですか？」

人差し指で床を指し示す。

「そう、ここ。ふたりパティシエの募集をかけることについて、渚ちゃんにも意見を仰いだら、そのうちのひとりは、ももちゃんがいいって」

驚いて渚ちゃんを見る。作業に集中しており、私の熱視線に気づかない。

「短時間勤務制度を使って、六時間働くことになる。保育園が休みの日曜日を固定休にすれば、正社員として戻ってこられないかな？」

「でも、この子たちが体調を崩したりしたら……」

みなまで言わずとも理解したらしい店長は、うんうんと頷く。

「もちろん休んでもらうよ。だからこその四人体制なんだ。ひとりでも欠けたら店が回らないというのは、よくないからね」

「厨房での作業だけでなく、パートさんの代わりに、店頭に出てもらう時間は増えるけど」

なるほど。レジ業務と兼任すれば、人件費が大幅に上がるのを防げるのかもしれない。

「お姉さんと離れると、頼れる人が近くにいなくて困るだろうから、そこは俺ができる限り協力したい」

「店長にそこまでしてもらうのは、申し訳ないです」

強まった語気に何事かと紅汰が動きを止めて私をじっと見据えた。

この子は感受性が強く、世の中の様々な動きを敏感に受け止めるところがある。安心させようと頭を撫でると、持参した水筒に手を伸ばして自分で上手に飲む。

「八年も一緒に働いているんだよ。ももちゃんは大切な仕事仲間。困ったときはお互いさま」

「……ありがとう、ございます」

目の奥から熱いものが込み上げて視界が涙で滲む。

双子はおままごとに興味があるからか、クッキーを食べ終わったあとは座ったまま厨房を物珍しく見回して、おりこうさんにしている。

「せっかく向こうに引っ越したし、千葉店で同じ条件にできればしたいけど、そこはごめん」

「大丈夫です。それぞれの店舗がどういう状況なのか、一応わかっているつもりなので」

新店舗の方はスタッフの定着率がよく、オープニングからほとんどメンバーを変えずにいる。それはパティシエにもいえることで、私がフォローに入るのは急遽誰かが休んだときやイベントシーズンだけで済んでいる。

「今回は子どもがいて、保育園事情もあるだろうし、前回のとき以上にゆっくり考えてもらっていいから」

変わらない優しさに胸が打たれる。私は周りの人間に恵まれている。

話し合いを終えて席を立つと、渚ちゃんが笑顔で右手を上げてひらひらと振った。私も振り返して、「またね」と口を動かす。

こっちの保育園に空きがあるか帰ってすぐに調べよう。三月なので時期としては一番厳しいかもしれないが、可能性はゼロじゃない。

いつかは環境を整える必要があったし、慣れた場所で働けるのなら願ったり叶ったりだ。

先ほどの元気なスタッフにも挨拶をして、店長からもらったケーキが入った箱を持って自動ドアをくぐる。片手が塞がっているので私は紅汰の手を握り、双子は互いに手を繋いでもらって外に出たときだった。

一日たりとも忘れなかった人物が目の前に立っていて、頭の中が真っ白になる。橙吾さんも目を丸くしたまま石像のように動かない。

あの頃となにも変わっていない。強いて言えば顔色が悪いというか、疲れが滲んでいるくらいだろうか。

紅汰がぐいっと私の手を引っ張り、足が前に出る。

「……久し振り」

懐かしい声に胸が張り裂けそうになる。ずっと押さえつけてきた想いが今にも溢れて暴れだしそうだ。

顔を背けて目を合わさず、ダウンの襟に首を引っ込めた。橙吾さんと買い物をしたときに購入したダウンをいまだに使っているのが、恥ずかしい。

「全然変わっていないな」

思考が読まれているかのようだ。私も同じことを考えていたと共感したいのをぐっと堪える。

「いーく！」

紅汰が早く帰ろうと、強い力で手を引っ張って進もうとする。

「待って、行くから、ゆっくり」

衝動的に走って道路へ飛び出したり、転んで怪我をしないよう手に力を込める。それなのに今度は桜子が紅汰から手を離して動かなくなった。

「さーちゃん、どうしたの？」

　こうして見られてしまったのはもうどうしようもないけれど、できればこれ以上橙吾さんに双子の姿を晒したくない。

「まま、いい」

　私と手を繋ぎたいのか。でもここでこうくんの手を離すのは危ないし、どうしよう。

「どこまで行くんだ？」

「……そこの、車に」

　駐車場に目配せをする。

「ケーキの箱、俺が持つよ」

　返事を待たずに橙吾さんは私の手から箱をさらい、先に前を歩く。

　強引すぎるときもありはしたが、こういうリードする姿に男らしさを感じていた。変わっていない逞しい背中に抱きつきたい衝動が襲ってきて、ふうーっと長い息をついて心を落ち着かせる。

　だめだ、滅茶苦茶だ。動揺して流されるままに行動している。かといってどう振る舞えばいいのか正解がわからない。

「車に乗れるようになったのか」

双子に意識を集中していると見せかけて聞こえないふりをした。エンジンを最初にかけて、音楽を流してからふたりをチャイルドシートに座らせてシートベルトをする。逃げるように運転席のドアを開けたところで橙吾さんに腕を掴まれた。

「桃花、待て」

「待たない」

即座に言い返して、手を振り解こうとしたが離してもらえない。

「橙吾さん、ケーキを買いに来たんじゃないの？」

わざと強く振る舞うことでしか平静を保てず、声音も態度も尖ったものになる。

「桃花を忘れられず、なんとなく買いに来ていただけだ」

動揺が走って顔が強張った。至近距離で見つめ合っているので、こちらの感情は包み隠さず伝わっているだろう。

結婚指輪は……はめていない。でも仕事上つけられないだけかもしれないし。忘れられないって、どういう意味なの？

「結婚したのか？」

そうだよ、と肯定すればいいだけなのに、嘘はよくないという感情が邪魔をする。

双子の前だし、まだ意味はわからなくても、人としてやってはいけない行為はしたくない。

「この子たちは双子？　何歳？」

「どうしてそんなこ――」

「ももちゃん！」

自分でもどうしたらいいのかわからなくて、心のもやもやを消すため質問返しをしようとしたときだった。

遠くから呼ばれて顔を上げると、店長が走ってくるところだった。紅汰の水筒を持っているのを見て「あっ！」と大きな声を上げると、橙吾さんが私の腕から手を離した。

「よかった、まだいて」

私たちの目の前までやってきた店長は、橙吾さんへ無遠慮な視線を送りながら私に水筒を手渡す。

「すみません。助かりました」

ひとつしか持っていないので、忘れていたら明日保育園に持っていく水筒がなくて絶望していただろう。

「待ち合わせしていたの？」

「え？」

店長は橙吾さんと私を交互に見る。

橙吾さんと初めて食事をした日、道ですれ違ったときのことを覚えていた店長に、双子の父親が彼だというのを伝えている。

橙吾さんを、背が高くてイケメンだと褒めちぎっていたし、凝視している様子からしてもおそらく覚えている。

「いえ、店の前で会って……」

「お兄さん、結婚してる？　彼女は？」

いきなりなにを聞いているの。

「結婚していないし、恋人もいません」

唐突な質問にもかかわらず橙吾さんは丁寧に答えた。そして知り得た情報に困惑して鼓動が速くなる。

「店長、やめてください」

「店長だったのか」

聞いていられなくて止めに入ると、橙吾さんが今さらながらの発言をして場を余計に騒がせる。

「あれ？　知らなかったんだね。前に会ったときに話さなかったの？」

店長に話を振られて眉尻を下げる。

「記憶にないです」

橙吾さんと食事に行った日だから、緊張して配慮できていなかったかもしれない。それも昔のことで覚えていない。

「ももちゃんらしいね。このあとの予定はある？　暇？」

「予定はないですけど」

ちょっとやそっとじゃ狼狽えたりしない橙吾さんでも、さすがに困惑の色を顔に滲ませている。

「そしたらさ、ももちゃん送っていってあげてくれない？　運転苦手なのに遠くから来ていて、心配で」

「ちょっと店長、それは無理ですよ！」

ぶっ飛んだ発言をするものだから、つい声が大きくなった。

「え、いいじゃん」

「橙吾さん、どうやって帰るんですか」

「電車」

他人事にもほどがある。呆れて開いた口が塞がらずにいると、車内から奇声が響いた。紅汰が手足を激しく振り回して暴れている。その隣にいる桜子は、マイナスの感情が伝染したのか、はたまた紅汰と同じで嫌な気持ちになったかで今にも泣きだしそうだ。

「ごめん、ふたりとも」

シートベルトをした状態で何分も放置されて、そりゃあ怒って当たり前だ。

「桃花、助手席に行って」

橙吾さんに背中をぐっと押されて、運転席のドアからどかされる。

「え、待って」

「お店の駐車場でお騒がせして、すみませんでした。桃花と子どもたちは俺が責任もって送り届けます」

私の声を無視した橙吾さんは店長に向き合い、まるで結婚の挨拶をするかのような生真面目さで宣言する。

「よろしくね。ももちゃん、着いたら一応連絡して」

ふたりの度外れなやり取りに口を挟みたいのに、紅汰の癇癪を治めるのに必死でどうにもならない。紅汰に水筒のお茶を飲ませて、リュックに入れておいたおにぎりを手渡す。

意識が食べ物に向いた途端、消火器をあてられたかのように激情は鎮火した。桜子にもお茶とおにぎりを勧めたが首を横に振られる。

「さーちゃんの好きなおうた流すね」

何度も繰り返し聞いている手遊び歌のプレイリストを再生し、一緒に手を動かすと桜子は笑顔になった。

よかった、これで出発はできる。

まだミルクを飲んでいたときに桜子は泣きすぎて嘔吐したトラウマがあるので、泣いているのに車を出すという強行突破は怖くてできなくなった。

ほっとして深い息をつく。久し振りに、まともに酸素を吸えたような感覚だ。

こっちが慌ただしくしている間に店長は店に戻り、橙吾さんは運転席に座って椅子とミラーの位置を直していた。

強気な彼には勝てないのでおとなしく従おう。店長にも考えがあっての行動だろうし。それに、これが本当に最後になる。

車内で四人が揃ったという出来事は、今後思い出して悲しみを引き連れてくるかもしれない。それでも、時間をかければ幸せな記憶として残る可能性もある。

助手席に乗り込んで橙吾さんを見てから、うしろを振り向いて双子の表情を確認する。親子なんだよなぁと思うと、喉がぐっと締まる感じがした。

私のせいでこれまで三人は交わらずに生きてきたのだ。申し訳なさで胸がいっぱいになる。

「千葉までお願いします」

橙吾さんから返事はなかったが車は動き始めた。

「ままぁ、ちっち」

車が高速道路を走り始めてしばらくしてのことだった。桜子からの主張に車の天井を仰いで目を瞑る。

今日に限ってトイレトレーニングに意欲的なのは何故なの。

家を出てから二時間も経っていないので、帰宅するまで大丈夫だと過信していた。ポワッタビジューのトイレは狭いし、家ではないトイレで用を足させるのは大変というのもあった。

「なんて？」

橙吾さんがバックミラーでふたりの様子をうかがいながら聞く。

「トイレに行きたいみたい。どこかに寄ってもらってもいい?」

「五分くらいかかるけど、間に合う?」

「どうかな……。一応おむつはしているから、惨劇にはならないよ」

駐車場ではあんなに感情を表に出していたのに、今は急速冷却されたかのように淡々とした態度だ。

付き合っていた頃はドライブ中でも会話を楽しんでいたので、運転に集中しているからではないはず。

橙吾さんがわからない。いったいどうしたいのか。

桜子が泣く前にサービスエリアに到着し、慌てて外へ出る。

「こうくんも行こう。おむつ変えよう」

「やぁだ」

桜子のシートベルトを外しながら誘ったが即座に拒否された。

「でもママ行っちゃうよ?」

「うん!」

自己主張ができるようになっているのは精神面が成長している証拠だ。それは嬉しいのだけれど、各々の主張が食い違うと対応しきれない。

大人ひとりに子どもひとりという体制でなければ、育児って無理じゃない？

「俺がみているから、行っておいで」

ここは素直に甘えよう。橙吾さんへの信頼は厚いし、なにより我慢させている桜子が可哀想だ。

「ありがとう。なるべく早く戻るね」

リュックを背負い、桜子を抱っこしてトイレへ急いだ。トイレにあった補助便座のおかげで無事に成功し、音量を抑えた拍手を送る。

桜子は撫で繰り回したくなるような愛らしい笑顔を浮かべ、「しゅごーい！」と自分でも感動していた。

おむつは濡れておらず、ちゃんと我慢できている。

もしかしてこのままおむつ卒業できたりする？　成長の速さに私がついていけていない。

手を洗って車がある方へ歩いていると、桜子が別方向へ行こうとした。

「あっち、こーくん」

桜子が目配せした方向に橙吾さんがいて、腕に紅汰を抱いている。

「え!?」

あの気難しいこうくんが、会ったばかりの人に抱っこされるなんて、初めてだよ？

私の存在に気づいていない紅汰は笑っており、なにやら会話をして楽しんでいる。

定期的に会っている店長にも、何度か遊んでもらっている義理の兄にも懐いていないのに、どうして橙吾さんには心を開いているのか。

そこに血の繋がりがあるからという考えしか浮かばず、胸を締めつける痛みで呼吸が浅くなる。

「お待たせ。どうしたの？」

「犬を見たいらしい」

近くで白くてふわふわの中型犬が散歩している。生まれたときから猫と生活しているおかげか、紅汰と桜子は動物への恐怖心がない。

「わんわん好きだもんね」

マンションはペット飼育可能の物件なので犬とすれ違うことも多く、紅汰はそのたびに触りたがる。

「抱っこしているのは、どうして？　なにかあった？」

橙吾さんはきょとんとする。

「え、いや、子どもだから」

橙吾さんの周りには小さな子がいないのかもしれない。トイレに一秒でも早く辿り着きたかったから、私も桜子を抱っこしていたもんね。

「ままぁ」と桜子が手を引く。桜子は甘えるとき限定で語尾を伸ばすからわかりやすい。

「さーちゃ、おなか、ぺこぺこよ」

「おにぎり食べようか」

「うん！」

桜子が近くにあるベンチに駆けていく。

車を走らせながらあげようとしていたので、なかなか自分の計画通りにはいかないものだと苦笑する。

「橙吾さんごめん。あそこで食べさせてもいい？」

「いいよ。桃花も食べないか？」

十一時半を回っているのを時計で確認したら急速にお腹が減ってきた。

「食べる。コンビニに行きたい」

喋りながらベンチに座り、リュックからおにぎりを取り出して桜子に持たせる。

「買ってくるから座って待っていて。なにが食べたい？」

「明太子と昆布のおにぎりと、緑茶をお願いしていいかな。こうくん、ここで待っていようか」

紅汰は橙吾さんの腕の中で顔をふいっと背けた。笑っちゃうくらい反抗されている。

「一緒に連れていくよ。ほしいものがあったら、買わせてもいいのか？」

「昆布のおにぎりをあげようと思っていたから、それを持たせてあげてほしい」

「了解」と短い返事をして、橙吾さんはコンビニエンスストアへ入っていった。

食べ終えたらこうくんをトイレに誘おう。それから帰って小一時間昼寝して、スーパーに買い物に行って……でも、公園にも連れていきたい。

たくさんあるやりたいことに対し時間が足りない。東京の店舗に戻ったら時短勤務とはいえ今より労働時間は増えるし、家事育児仕事をうまく回していけるのか不安だな。もちろん、やるしかないのだけれど。

戻ってきた橙吾さんは紅汰をベンチに座らせて、ビニール袋からおにぎりを三個取り出す。

「はい、桃花の」

手渡された袋から自分のものを取り出しつつ、橙吾さんの様子をうかがった。包装を取ったおにぎりを紅汰にあげたあと、橙吾さんは残りのおにぎりも同じように包装を取ってかぶりつく。

もう座るスペースがないので立ったままだし、私たちを送っていくがために質素な昼食にさせて申し訳なさすぎる。

「ないよ。おあかり」

家から持参したおにぎりを食べ終えた桜子が、おかわりを要求してきた。一個で足りると思っていたので桜子には余分にない。

失敗した。明太子じゃなくて、子どもも食べられる具にすればよかった。

「こうくん、それ半分こしていい？」

「いや！」

睨まれてしまった。

そりゃあ嫌だよね。桜子を連れてコンビニに行くか。

立ち上がろうとして橙吾さんに手で軽く押し戻される。

「これでもいい？」

橙吾さんが持っているおにぎりを前に出す。

「あっ、シーチキンマヨネーズだ。さーちゃんの大好物」

聞いた桜子がぱあっと顔を明るくする。可愛くてたまらない。

「いいの？」

返事の代わりに橙吾さんは桜子におにぎりを持たせる。

昔と変わらず優しいな。

桜子を膝の上にのせてスペースをあける。

「橙吾さん、座って」

勧められるがまま腰を下ろした橙吾さんの膝に、紅汰がすかさずのぼった。驚きが大きくて声が出ない。

いつもなら他に大人がいてもママがいいとふたりで取り合いするし、だから今も喧嘩になるのを避けるため、最初から桜子を膝にのせようとはしなかった。

それなのに……。

「この子たちは何歳？」

隠すのも逆に怪しいし、ここまで世話になっておいてさすがに無視はできない。

「二歳」

正しくは二歳半だが、そこまで細かく言わなくていいよね。

年齢を聞いた橙吾さんはわかりやすく考え込む表情になる。深く突っ込まれると誤魔化せないので、話題を変えようと声を明るくした。

「マンションの最寄り駅に、送ってもらってもいい？」

「ずっと千葉にいるのか？」

「うん、そう」

「早苗さんのところ？」

「近くではあるけど、別で暮らしているよ」

答えた直後にはっとする。この受け答えだと、シングルマザーと暴露しているようなものじゃない？

だって結婚している前提で話をするなら、お姉ちゃんと一緒に住んでいるかなんて聞かないよね。

気まずい沈黙が落ちる。緑茶で喉を潤そうとしたが緊張でうまく飲み込めなかった。

車に戻り、自宅マンションの最寄り駅まで行ってもらうことにした。その方が橙吾さんは帰りやすいはずだ。

走り出して五分ほど経った頃に斜めうしろを見ると、桜子の目が閉じかけていた。

位置的に紅汰の姿は見られないが、静かなので大丈夫だろう。

桜子は言語の発達が早く、意外と大人の会話を理解していたりするから心配だったので、こうして眠ってもらえた方が安心する。

「ふたりとも寝たな。桃花も疲れているだろうから、寝ていいよ」

バックミラーで双子の様子を確認した橙吾さんの声は穏やかだ。

「ありがとう。じゃあ、甘えさせてもらう」

普段であれば、運転してもらっているのに横で眠るなんて絶対にしないけれど、今は寝たふりをしていれば追及されない。

橙吾さん、やっぱり運転が上手だな。この時間がずっと続けばどんなに幸せか……。切なさで胸が突き上げられて鼻がつんとする。涙ぐんでいる場合ではないので、心を無にすることに意識を集中していたらいつの間にか深い眠りに落ちていた。

車が縁石に幅寄せする動きで目が覚め、自宅の最寄り駅のロータリーに着いているとわかった瞬間さあっと血の気が引いた。

本当に眠るつもりはなかったのに。

「疲れていたんだな。体調は大丈夫か？」

優しく労られて、起きて早々拍動が大きくなる。

「大丈夫、元気。こんな遠くまで送ってもらって、迷惑かけてごめんね」

まだぼんやりする頭を頑張って働かせ、このまま自然な流れで別れられる言葉を探す。

「気をつけて帰ってね。えっと、帰りの交通費……」

「いいから」

バッグから財布を取り出そうとした手を掴まれて、わりと威圧的な声で制された。

「俺がしたくてしたんだし、今さら俺に気を使わなくていい」

怒ってはいないだろうし、不機嫌というわけでもないのはわかる。しかし橙吾さんから醸し出される重苦しい空気に息が詰まり、呼吸が浅くなった。

「それより、桃花に聞きたいことがある」

どうしよう。これはきっと、子どもについて聞かれる気がする。

橙吾さんの方を向けなくて、手を離してもらおうと力を込めたがびくともしない。

逃げられない状況に焦り、心臓が早鐘を打つ。

「この子たちは、お――」

「うあああっ！」

突如として、橙吾さんの声をかき消す紅汰の奇声が車内に響いた。心臓が飛び跳ねて「ひゃっ」と変な声が出る。

慌ててシートベルトを外してうしろに身を乗り出すと、紅汰が不機嫌丸出しの表情でいる。

この感じは、きっと起きてから数分経っている。自分に気づかず私たちが話をしているから、苛立って大きな声を出したのだろう。発語が遅いので、こういう形でしか感情を伝えられないときがある。

「こうくん、ごめんね。おうちに帰るからね」

騒ぎで目を開けた桜子も、自分のタイミングで起きられなかったからか目を細めてこちらを睨んでいる。

「橙吾さんごめんね。行くね」

結局気の利いた切り出し方はできなかった。橙吾さんは小さく頷いて運転席のドアを開ける。私も助手席から下りて再び運転席に乗り込み、ドアを閉める前になにか言葉をかけようと動きを止めると、先に橙吾さんが口を開いた。

「これ俺の連絡先。日を改めて話がしたい」

差し出された名刺を受け取り、黙ったままそれに目を落とす。

三年前、橙吾さんからもらった名刺は大切に取ってある。番号を覚えてしまうほど何度も見返していたので、この名刺に印字された電話番号が昔のものと変わっていないのがわかる。

「気をつけて」

端的に伝えて、橙吾さんはドアを閉めた。

強引なところはあるけれど、基本的に相手の嫌がることはしない橙吾さんらしい対応だ。変わっていない内面に胸が締めつけられる。

もっと一緒にいたかった。これまでどうやって過ごしていたのか、仕事は順調なのか、聞きたかった。

心の奥で小さな悲鳴を上げる本音が自分自身を苦しめる。

動揺してなんの反応もできないまま、アクセルを踏んで車を発進させた。

駅で別れて帰宅後、双子と一緒に遊んでいても、家事をしていても、頭の中に橙吾さんが居座っていて目の前のことに意識を注げない。

彼の性格上、短い距離であっても私が無事に帰宅したか気になっているだろう。付き合っているときは、互いの安否確認のために家を出るときと戻ったときは必ず報告し合っていた。

悶々として大きな溜め息をつくと、紅汰がくりっとした大きな瞳を向けてじっと見つめてきた。にっこりと笑うと、一拍置いて可愛い笑顔が返ってくる。

子どもにまで心配されて情けない。このままでは明日からの仕事に影響が出そうだ。

橙吾さんに連絡をするかどうか今すぐ決める必要はない。しかし考える時間が一日でも一カ月でも、どちらにせよいくら考えても答えは出ない気がした。

これまでも散々心配させて迷惑をかけているから気が進まないのだが、相談できる相手は姉しかいない。

今日の出来事をかいつまんで書いたメッセージを送ると、数秒で電話がかかってきた。

【メッセージ読んだよ。突っ込みどころが多すぎて……えっと、子どもたちの父親については、触れていないんだよね？】

「電話ありがとうね。父親については、なんとかはぐらかした。でも気づいているはず」

張本人でなくとも、様々な情報を組み合わせれば察せられるはずだ。それでも認めなければ事実にはならない。

【打ち明ける気はないの？】

「なんのために橙吾さんから離れたのか……意味がなくなる」

【でも橙吾さん、結婚していないんでしょう？　昔とは状況が変わっているかもしれない。今ならうまくいくかもよ】

姉に言われて息を止めた。三年前から橙吾さんを忘れる日はなく、ずっと引きずっていたから今と昔の区別がつけられていなかった。

もし両親と和解していたら、結婚相手は自分で決められるんじゃ……。だとしても、やはり今さらどんな顔で伝えればいいというのか。

「これ以上私の都合で振り回せないよ。橙吾さんに申し訳なさすぎる」

【橙吾さんは知りたがっているんじゃないの？】

その通りだ。自分の子どもかもしれない紅汰と桜子が目の前にいて、責任感の強い彼が放っておけるはずがない。

押し黙っていると姉は続ける。

【知らせるべきではないっていうのを貫くのが、橙吾さんを振り回しているかもしれないよ】

また目から鱗が落ちるような感覚だった。そんなふうに思う瞬間すらなかったのは、私が自分の都合しか考えていないからではないのか。

「そうだよね。もう一度会って、ちゃんと話をしてみようかな」

どうすべきなのかわからなくてまとまらない考えが、会って話すことでまとまるかもしれない。ひとりで悩んでもきっと永遠に答えは出なさそうだ。

【それがいいよ。後悔しないように】

返ってきた力強い口調に気圧されて唾をごくりと飲む。

後悔、か。正直、これまでしてきた自分の行動に自信がない。だからこそ今ある生活を正解にするために必死にやってきた。

姉との通話を終えてしばらく放心していると、紅汰が一緒に遊ぼうと誘ってきた。何故だかわからないけれど、小さな手を握った途端に熱いものが込み上げて泣きそうになる。

双子を寝かしつけたら橙吾さんにメッセージを送ってみよう。子どもたちと一緒にすぐに寝てしまえば、返事を待つ間の恐怖心も一旦は感じなくていい。

決心すると、ようやく穏やかな気持ちで子どもたちと過ごすことができた。

＊＊＊

再会した日から約一週間後の今日、もう一度橙吾さんと会う。

あの日、夜に送ったメッセージへの返信は早朝に届いていた。おそらく当務だったのだろう。朝の時間がない中で返事を送ってくれた優しさに、胸が締めつけられて苦しかった。

何度この優しさを踏みにじってきたのか、と。

話は会ったときにしたいと伝えたので、メッセージのやり取りでは双子の出生について聞かれたりしなかったが、体調を気遣う内容はこの一週間毎日のようにもらった。

どういう態度を取っていいのか気持ちが定まらず、一日の始まりと終わりにだけ元気にしているのがわかる内容を送った。

たったそれだけのかかわりで、橙吾さんへの想いがぶり返して心が滅入っている。

きっと橙吾さんは核心をついてくる。なるべく揉め事なく話し合いを終えたい。

日曜日なので双子を姉の家に預け、その足で最寄り駅まで向かった。橙吾さんが千葉まで来てくれるので、十三時に待ち合わせている。

駅のロータリーに着くと見慣れた黒のSUV車が停まっており、小走りで駆け寄る。

運転席から下りた橙吾さんはあまり表情を変えず「お疲れさま」と淡々とした様子で挨拶をした。

当たり前に笑顔を見せてもらえていた昔とは違うのだと、頭では理解しているのに胸に黒い靄が立ち込めたように苦しくなる。

助手席に乗り込んで小さく息をつくと車は時間を置かずに動き出し、しばらくして少し離れた場所にあるお洒落なカフェに到着する。

外観は大きな窓が特徴的で、店内に入るといたるところにある植物に目を奪われる。床だけでなく天井からも植物が吊るされて、森の中に迷いこんだみたいだ。

「凄い、綺麗。空気が澄んでる」

「桃花が好きそうだと思って」

胸がきゅんとして、動揺が顔にもろに出てしまった。慌てて俯いたが隠しきれていないかもしれない。

テーブルの間仕切りとして植物が使われており、周りの視線を気にせず寛げる代わりにふたりだけの空間に包まれる。ただ店内の雰囲気のおかげでそこまで緊張しなかった。

橙吾さんは温かい珈琲と明太クリームソースのオムライスを注文し、私は温かいキャラメルマキアートと半熟卵の濃厚カルボナーラにした。

「早苗さんに預けるとき、泣いたりしなかったか？」

「今までにも何回かみてもらっているから、大丈夫だったよ。お姉ちゃんの子どもと遊ぶのを、楽しみにしていたし」

甥っ子の朔斗くんは、双子を本当の弟と妹のように思ってくれているようだ。

「それならよかった。でも早めに帰った方がいいだろうし、簡潔に話す」

着席してから十分も経っていない。こういう潔いところにも惹かれたのだと、昔を思い出して切なくなり、胸が窮屈になった。

水で喉を潤して音を立てないようにグラスを置く。これから食事ができるか心配になるくらい緊張感がどんどん大きくなっていく。

「あの子たちは、俺の子？」

核心を突かれたらどう答えるかは、散々考えたが答えが見つからなかった。その中で嘘だけはつきたくないという強い思いがあり、橙吾さんに『違う』と言えない。

どうしたいのか自分のことなのにわからないでいる。

「答えたくないならそれでいい」

予想外の言葉に目を見開いて、正面の顔をじっと見つめた。

「あの子たちが誰の子であろうと、桃花たちのそばにいたい気持ちは変わらない」

とても冷静で、落ち着き払った声音だ。

自分と血の繋がりがなくても、双子を受け入れてくれるというの？

私を取り巻くすべてのものを許容しようとする包容力に、様々な感情で胸がいっぱいになって張り裂けそうになる。

「双子を育てながら、店長を続けているのか？」

「時短勤務で、パートとして働いているの」

子どもだけではなく、仕事についても触れられて声が尻すぼみになる。

「そうか、頑張っているんだな。ひとりで子どもたちを世話しながら、大変だろう」

返ってきた優しい声音に、今度は胸をぎゅうっと掴まれたような痛みが走った。

店長になりたかった私に多少なりとも心残りがあると、橙吾さんはわかっている。

たとえそういう意味ではなかったとしても、私が勘違いするくらい相手を思いやる言葉選びができる人なのだ。

やっぱり橙吾さんが好き……。

「自立心が強いところは桃花のいいところだ。でもこれからは、俺を頼ってもらえないか」

とどめを刺された気分だ。大好きな人にこんなふうに大切に扱われて平静を保てる精神力がない。

「付き合っている男はいるのか」

首を左右に振る。

三年前から心にずっと橙吾さんが居座っているのに、別の人を好きになるわけがない。

「それなら、また前のように会おう」

「やめた方がいいと思う。私たち一度壊れている関係だよ」

別れてからも大切な人とか、世の中には割り切って接することができる人はいるらしいが、私には難しい。

問題が立ちはだかっている限り私たちは恋人関係に戻れないし、友人にもなれない。

「性格や価値観の不一致が原因じゃなく、環境がそうさせたんだ。昔とはまた違っている。やり直したい」

空白の三年間でもしかしたら好きになった女性がいたかもしれないが、目の前にいる彼が今見つめているのは私なのだ。

嬉しいし、こんなに幸せなことなどない。ずっと愛していたと泣き喚きたくなる。

ここまで拗らせた以上、腹を割って話し合う必要があるだろう。東京に戻れば距離が近くなり、これまで幾度とあったように、偶然が重なって子どもと遭遇する可能性はおおいにある。

「子どもたちが橙吾さんに懐いて、もしまた会えなくなったら、心を傷つけてしまう。他にもいろいろな理由から、混乱を招いたりするかもしれない」

できる限り橙吾さんが抱く子どもへの思いも大切にしたいのに、難しくて息が詰まる。

「俺は桃花たちの前からいなくなるつもりはない」

橙吾さんの強い意志に戸惑う。

これが過去に私と一緒に暮らそうとしていたときからなのか、離れていた間に膨れ上がったのか、どちらなのか。

店員が料理を運んできた。両手を膝の上に置いたまま動けずにいると、橙吾さんがカトラリーボックスからスプーンを取った。

「冷めないうちに食べよう」

続いて差し出されたフォークを受け取って、静かに手を合わせる。橙吾さんが食事を始めてからあとを追うように私もカルボナーラを口に運んだ。

「うまいな」

「うん」

「普段ちゃんと食事はとれているのか？　だいぶ痩せたよな、桃花」

産後はもちろん体重増加したままだったが、初めての育児で、しかも双子なので、睡眠はおろか食事時間も取れなかった。そうしているうちにどんどん痩せていき、妊娠前と比べると五キロは減った。

パティシエとして商品開発をしなくなったので、試作品をひたすら食べることがなくなったのも影響している。

「育児の経験はないけど、桃花がご飯を食べるときくらいは、子どもたちを泣かさずみられるはずだから、たまには一緒に食事をしよう」

なんでも器用にそつなくこなす人だから、不器用さが垣間見えて和やかな気持ちになった。

私のためになにかしようとする、その気持ちだけで十分すぎるくらい心が満たされる。

私も橙吾さんに思いやりを返したいのに、どうにもならない。

橙吾さんの仕事と家の事情に触れて、別れの本当の理由を知ってもらう必要がある。

消防士の仕事を辞めても辞めなくても、私が負い目を感じて生きていくことに耐えられないと、きっと橙吾さんもわかってくれるはずだ。

「近いうちに、子どもたちにも会いたい」

拒否は許さないという主張が伝わる語気の強さと鋭い目つきに、ぐっと詰まった。

「……わかった」

すんなりと要望を受け入れたので面食らったらしい。すぐになにか言いたげな表情に変化したが、私は気づいていないふりをして食事を続けた。

同じ道を歩めなくても、一生会えなくても、私はずっと好きなんだろうな。

抱きついて温もりを肌で感じたい衝動に襲われるけれど、同じくらいの熱量で橙吾さんの幸せを願っている。

他人が聞いたら、自分勝手で綺麗ごとだらけと揶揄されそう。

胸から喉にかけて想いが膨れ上がって息苦しくなり、大きく息を吸って吐いた。

六、幸せなひととき　ｓｉｄｅ橙吾

桃花と会えなくなってからも、月に一度の頻度でポワッタビジューに足を運んでいた。彼女の幸せを願って別れたとはいえ、結婚まで考えていた、愛する存在を簡単に忘れることなんてできなかった。

着信拒否にされ、メッセージアプリはブロックされ、住んでいたマンションは引っ越してしまった。繋がりを一方的に絶たれた中で、唯一そこだけが桃花と俺を結びつけるものだったので、未練がましくケーキを買っていた。

千葉の店舗に会いに行くという手段は残っていたが、桃花に嫌われたくなかったので必死に堪えた。

もう一度会ってやり直せないだろうかという未練は月日の経過と共に変化し、季節が二度巡る頃には、ケーキを買う行為は桃花との思い出を懐かしむ材料のひとつになっていた。

桃の花が咲く時期となり、元気に笑って過ごしていたらいいなと思いを馳せながらポワッタビジューへ行ったあの日、開いた自動ドアから桃花が現れたのだ。

何度も再会を繰り返しているのは縁があるとしか思えない。別にロマンティストではないが、運命という言葉が脳裏を掠める。

話し合いから二週間が経過し、桃花と子どもたちに会える日がようやくやってきた。

かつては桃花の意思を尊重したが、もう我慢しない。俺が三人を守りたいという気持ちを前面に出していくと決めた。

四月初旬、ちょうど咲いた桜が見頃を迎えたので、花見もできる動物園に誘った。

それまでいいペースで返事がきていたのに、提案した途端にぱたりと連絡が途絶えたので、おそらく気乗りしなかったのだろう。

落ち着いて話せる場と提案されていたし、桃花の希望からはほど遠かったはずだ。

それでも二日後に了承のメッセージをくれたのは、きっと子どもたちを楽しませたい母親心から。

聞きたいことがたくさんある。桃花は今、幸せなのだろうか。

桃花のマンションへ到着し、軽自動車から俺のＳＵＶ車にチャイルドシートを移し替えて双子をのせた。

帰りは歩き疲れて寝るからと、ふたり乗りベビーカーも積み込む。桃花はリュックの他にもたくさんのものを持参してかなりの大荷物だ。

春らしい淡いブルーのデニムパンツに、ミントグリーンのブラウスという格好をしている。ブラウスには上品なデザインのフリルがついていて、桃花の優しい雰囲気に合っていて可愛い。

桜子は桃花と似たデニムスカートにピンクのフリルブラウスで、紅汰はグレーのロングTシャツと、ラインの入った黒のジャージパンツ。俺も桃花と桜子のように、紅汰とお揃いの服を着てみたいという気持ちになる。

紅汰は桃花の生き写しだが、桜子は俺の遺伝子を色濃く受け継いでいる。父親が誰なのかわからないとはいえ、俺とここまでそっくりなのだから疑いようがない。

乳児の頃から似ていたのか写真を見せてもらいたい。

ああしたい、こうしたいという欲が強くて、心を平静に保つのが大変だ。

「しゅごーい」

「おーきー」

俺の車に座るなり、双子は足をパタパタさせてはしゃいでいる。

「ねえ、大きいね」

桃花も二週間前に会ったときとは違いリラックスした様子だ。春の陽気がそうさせているのかもしれない。

歌いたいというので曲を流すと、声枯れが心配になるほどの大きさで熱唱し始めた。桃花いわく双子はどこでも歌うので、TPOによっては内心はらはらして寿命が縮まるとか。

笑い話しかしないが、何十倍、いや何百倍の苦労話があるはずだ。桃花は頑張り屋だから、自分でも気づいていないうちにきっと疲労を溜め込んでいる。

ずっと想い続けていたのにもかかわらず、そばにいれなかった悔しさで胸が重たくなった。

午前九時半に到着し、まずは桜並木道をのんびり歩いた。

「そこで三人並べる？　写真撮るよ」

いつも大人ひとりなので撮影する機会がないのか、桃花は慣れていない様子で慌てふためく。

「いいよ、自然な感じで撮るから」

紅汰と桜子が同時にこっちを見るまで撮り直していたら、たぶん不機嫌になる。

今日で二回目だが、紅汰が気難しい性格なのは把握している。桜子は頭の回転が速くかしこそうだが、人見知りや場所見知りが強くて桃花にべったりなので、これはこれで手がかかる。

桃花の負担を減らしたくても、まだ俺に懐いていないのでフォローのしようがない。

三人でその場をくるくる回ったり、地面に落ちている枝や花びらを拾っている様子を写真に収めていった。

「いいのが撮れたよ」

「嬉しい、ありがとう。三人の写真ってあまりないし、桜は初めてだよ」

抱き寄せたくなるほど愛らしい笑顔で喜んでもらえて安堵したのと、家族写真を撮ることもままならないこれまでの桃花たちの日常を想像して、複雑な感情が膨れ上がってくる。

自然な流れで桃花と桜子が手を繋いだので、俺も紅汰の手をそっと触ってみる。あまりに無反応なので腰を屈めて顔を覗き込んだ。

桃花と勘違いしていないか。

すると俺の目をじっと見た紅汰は、両手を広げて抱きついた。

「あっこ」

ちゃんと俺と認識しているのか。

ひょいと片手で持ち上げて紅汰を見ると、口を開けて笑っている。

「紅汰は俺の名前、覚えたか？」

うーん、と唸ったあと、ひらめいたというように目を輝かせる。

「とご！」

「トドって聞こえなくもないな」

思ったことをそのまま口にしたら、前を歩いていた桃花がぶはっと吹き出した。

そういえばツボが浅いんだよな、桃花って。

「こうくん。と、う、ご、だよ」

「と、う、ご」

一生懸命真似する姿が可愛らしい。

「そうそう、橙吾だよ。もう一回呼んでみたら？」

桃花に誘導された紅汰は、綺麗な瞳でまっすぐ俺を見つめた。

「とうど！」

「惜しい。橙吾にもトドにも近づいたな」

連続すると難しくなるのか。

すかさず突っ込むと、紅汰は褒められたと解釈したのか拍手をした。

桃花はお腹を押さえて、ひーひー言いながら爆笑している。桜子は母親が変な動きをしているのが面白いのか、高い声で「あっひゃひゃひゃ」と独特な笑い声で桃花の周りを駆け回っている。平和な時間だ。

　荷物が多いので芝生広場に行き、人が少ないうちにピクニックシートを広げて場所取りをすることにした。お弁当を作ってきてくれたらしく、昼ご飯の時間が待ち遠しい。久し振りに桃花の手料理を食べられる。

「橙吾さん、この子たちをアスレチックに連れていきたいんだけど、ここで休憩してる？」

「俺も行くよ」

　双子の父親が俺だと疑っていないのは桃花もわかっているはずだ。それなのに遠慮ばかりされて悲しくなる。

　アスレチックには多くの子どもたちが遊んでいて、目で追っていないと見失いそうだった。

　桜子は一目散にブランコに駆けていき、桃花が焦った声を出す。

「さーちゃん待って！」

「紅汰といるから、行っておいで」

「ありがとう、助かる」

　桜子のあとを追いかける桃花を見届けて、大きなアスレチックを静かに見やる紅汰のそばに立つ。

なにを見ているのだろうと視線を追ってみたが、特定のものに目を向けているわけではなさそうだ。

「滑り台やるか？　ローラーになっていて面白そうだぞ」

誘ってみたが反応は薄い。一緒になって他の親子たちを見学するのもなかなか興味深かった。

しばらくして桃花たちが戻ってくる。

「もしかして、まだどこにも行っていない？」

頷くと、桃花の顔に影が落ちた。

「……いつもそうなの。他の子たちはその場で仲良くなって一緒に遊んだりするのに、紅汰はいつも遠くから眺めているだけ。滑り台とかでうしろから誰か来たら、せっかく並んでいても逃げ出しちゃう」

「早苗さんには相談した？」

「人見知りしているんじゃないかって。でも桜子は普通に遊べるの」

これまでひとりで悩んでいたのか。真剣に子どもたちと向き合っているからこその悩みだし、ひたむきな姿に胸を打たれる。

いつの間にか桜子は階段を上り、小さな滑り台の順番待ちをしている。

「俺の見解だけどさ、紅汰は慎重なんだよ」

そばのベンチが空いたので桃花の手を取って誘導する。話に集中しているからか、とくに嫌な顔をされたりしなかった。

遊具の周囲をうろうろしていた紅汰がようやく階段を上り、回転するハンドルを手に取って遊び始める。

「頭がいいと思う。どうやって遊ぶのかを見て学んでから、実践に移しているわけだから。心配しなくて大丈夫。むしろ長所だ」

安心させたくて桃花の背中を撫でる。すると桃花は口をへの字にして、瞳に涙を溜めた。今にもこぼれ落ちそうになるのを必死で堪えている。

「そんなふうに言ってくれる人、初めて。ありがとう橙吾さん。相談してよかった」

少しでも気持ちが楽になったならよかった。ただこんな姿を見せられたら、抱き締められずにはいられない。

空を仰いで涙を引っ込めた桃花は、桜子と紅汰それぞれに大きく手を振った。

母親として強くなった姿が眩しい。

昔も仕事に一生懸命で、突き詰めて考えるところがあった。素直で純粋で、好きになったところはなにも変わっていない。

それから子どもたちがひとしきり遊んだあと、芝生広場に戻って昼食にした。

大きなバッグからは、ウエットティッシュやアルコールスプレー、スプーンとフォーク、タオルなどありとあらゆるものが出てくる。

出掛けるたびにこれらが入ったリュックを背負い、時には子どもを抱っこするのだ。桃花の身体は大丈夫なのだろうか。腰など痛めていないか心配だ。

「じゃじゃーん」

効果音つきでランチトートバッグからタッパーを幾つか取り出した桃花は、次々に蓋を開けていく。

「おおー」

「わぁー」

双子からは素直な歓声がこぼれた。

料理が上手で美味しいだけでなく、手先が器用なので盛り付けも綺麗だ。

紙皿に子どもたちのものを取り分けたあと俺も早速いただく。

「美味しい。優しい味がする」

「薄かった？　子どもも食べるからいつも薄味で。ごめんね」

「そうじゃない。頑張って早起きして作った人の、気持ちが伝わるって意味」

笑いながら説明すると、桃花は照れくさそうにはにかんだ。

危ない。ふたりきりだったら抱き締めていた。

「こうくん、お口拭かせて」

どのようにして食べたらそうなるのか不思議になるほど、紅汰の口の周りはケチャップまみれになっている。ウエットティッシュで拭き取った流れで、桃花が紅汰にご飯を食べさせた。

すかさず桜子が「さーちゃも」と駄々をこねる。母親を取られまいと紅汰が桃花に抱きついたので、場に不穏な空気が流れた。

「桜子」

むすっと尖らせた桜子の口にソーセージを近づけたが、首を横に振って拒否をした。

「ごめんね、橙吾さん。さーちゃん人見知り激しいの」

「そうか」としか言えない。結局、紅汰が満足して桃花を解放するまで桜子は泣きそうな顔でなにも食べずにひたすら耐えていた。

たった数時間過ごしただけで双子育児がいかに大変なのかがわかる。これを桃花はずっとひとりでやってきたのか。

先に食べ終えた紅汰は、桃花が持参したシャボン玉で遊び始める。すでに手や服が液で汚れているが、着替えがあるし大丈夫と桃花は好きにやらせている。

紅汰とは真逆で食事がゆっくりな桜子の口に料理を運びながら、桃花が咳払いをした。

「あのさ、さっきの話の続きになるんだけど、順番待ちについてはどう思う？」

うしろから来たら逃げ出すという話についてか。

「感受性が強いのかもしれないな。人の目をじっと見るし、相手の感情を読み取るのがうまいんだろう。だからうしろから来た子に急かされたりすると、焦るんじゃないか。それが嫌でその場から離れるとか、そういうのかもしれない」

桃花は口を半開きにして何故か呆気に取られている。

「ん？」と首を傾げると、桃花は両手を合わせて自身の口もとに寄せた。なんだか拝まれているみたいだ。

「凄い。ネットでいろいろ調べても、そんな解釈見つけられなかった。だから腑に落ちなかったけど、すとんってきた」

今度は手をお腹に持っていき、花が咲くように笑った。

これから先も一番近くでこの笑顔を見ていたい。どうしたって桃花が好きだ。

「桃花、愛してる」

胸の中で広がった想いが溢れた。これ以上警戒されないように慎重にいこうと考えていたのに、愛情が大きすぎて留めておけない。

桃花の心の底から驚いている顔に、かつてふたりで育んだ大事なものが抜き取られたような寂しさを覚えた。

昔は俺が気持ちを伝えると、いつも照れくさそうに笑っていたのに。

周りは親子で溢れかえっているし、耳を澄ますと母親の怒号も響いてくる。百人いたら百人が今じゃないと断言するだろう。

「ひとりで悩ませたくない。桃花を守らせてくれ」

「私はそんなに弱くないよ」

「知っている」

声に重ね気味で返すと、桃花は眉間に皺を寄せた。

「だったら……」

自分がどんな顔をしているのかわからないが、ためらった桃花の反応からするに、かなりの威圧感を与えているかもしれない。仕事中、よく佐橋に指摘される。

「三年も経っているんだよ。お互いに変わった部分はたくさんあるはずだし、それを知るにはあまりにも時間が足りていない。紅汰と桜子がいるし、余計に慎重にならなければ……」

急に口をつぐんだ桃花は、考え込むように視線を落とした。

「どうした？」

「紅汰の慎重な性格は、私譲りか」

ひとり言のようにも聞こえる話し方だった。

「俺は好きだよ。桃花の性格」

桃花は瞳をゆらりと揺らし、額に手をあてる。

「ごめん、話が飛んで」

「よくあることだ」

桃花が苦笑する。

再会してからは距離感があるせいか口数が少ないけれど、本来の桃花は話をするのが大好きで、いつも次から次へと話題が飛んで飽きなかった。

桃花はふぅーっと長い息を吐き、上目遣いで見上げた桜子の頭を優しく撫でた。

「全部正直に話す。長くなるけど聞いてほしい」

わかった、と返事をすると桃花は俺から視線を外す。あまりいい内容ではなさそうな雰囲気に喉が異常に乾いた。

「幼馴染の山科奈緒さんから、橙吾さんのおうちの事情を聞いたの」

懐かしい名前をいきなり出されて一瞬呆けてしまった。

は？　どういうことだ？

「聞いたって、どうやって？」

「……店を訪ねてきた」

奈緒ならやりかねない。昔から我が強く、自分がよければそれでいいという性格が苦手で、できる限り接触を避けてきた。

それなのに、俺の知らないところで俺の大切な桃花に近づいていたなんて。

「ご両親から消防士になるのを反対されていて、決められた相手と結婚する条件で、認めてもらったんだよね？」

事実ではあるので頷くと、桃花はあからさまに肩を落とした。

きちんと説明したいが、まずは話を最後まで聞こう。

「だから私と結婚したら、消防士を辞めて実家の企業で働かなければいけないんでしょう？　私のせいで消防士であるのを諦めたら、私は負い目で、橙吾さんの隣で笑っていられないの」

これが別れの本当の理由なのか？　だとすれば、俺の知らないところでこんなにも悩ませて苦しめていたのか。

「もも――」

言いかけたところで桜子がいきなり桃花の膝から飛び降りた。

「さーちゃも、やる！」

「待って。桜子のも出すよ」

桃花の話をきかず靴下のまま紅汰のもとへ駆けていく。紅汰から無理やりシャボン玉の道具を奪おうとした。

紅汰の怒声と桜子の奇声が辺り一面に響き、何事かとこちらに視線を送る人たちもいる。

取っ組み合いになったのを桃花が止めに入る。すると、暴れている紅汰の頭が桃花の顎に激しい勢いでぶつかった。

「桃花！　大丈夫か！」

顎を押さえてその場にうずくまった桃花をうしろから支えた。顔を覗き込むと、涙が頬を伝っている。

一瞬にして涙が溢れるくらい痛かったのだろう。

桃花の身体を傾けて膝下と脇に手を差し込んで持ち上げる。レジャーシートの上に座らせてティッシュを手に握らせ、それから羽織っていたカーディガンを脱いで桃花の頭に被せた。

「落ち着くまでこうしていろ。子どもたちは俺がみているから」

子ども心ながらに母親の心配をしているのか、双子は微妙に離れたところから様子をうかがっている。

「紅汰、桜子、おいで」

しゃがんで目線を合わせ、なるべく優しい口調で呼びかけたがふたりは動こうとしない。こちらから近づいて、それぞれの手をそっと握る。

「ママに、痛いの痛いの飛んでいけって、できるか？」

口を一文字にしたまま揃ってこくりと頷く。

振り返ると桃花はカーディガンを膝に掛け、涙が引いた赤い目でこちらを眺めていた。

「行っておいで」

桃花は双子を安心させようと手招きをしている。ふたりは慎重に近づいて、桃花に抱きついた。

「ままぁ、いたいいたい、ばあー」

桜子が桃花の頭を撫でると、紅汰は手を空へ向ける。

「ばあー」

まだ上手に話せないなりに一生懸命母親を思いやる姿に、胸に温かいものが込み上げる。

「ありがとう。びっくりしたよね。ママ元気だよ」

そして桃花の気丈に振る舞う姿にも胸がいっぱいになった。ただ口もとを手で隠しているのが気になる。

「桃花、ふたりが遊べそうなものは他にあるか？」

「えっと、スマホでダンスの動画とか流したら、ふたりで踊るかも」

「しゅる！」

「こたも！」

する、と桜子が手をあげて、紅汰も、と続いた。

桃花がスマートフォンをレジャーシートの上で立てて動画を再生すると、ふたりは可愛らしい笑い声を上げながら手足を動かし始めた。

双子の意識が逸れたのを確認してから桃花の手を無理やりどける。

「口開けて」

おとなしく従った桃花の口内は真っ赤になっていて、予想を遥かに超える出血量だった。

「お茶飲んで」

水筒を手渡すと、桃花は素直に飲む。その間に俺はアルコールで手を消毒する。

「もう一度、口開けて」

新しく血が滲み始めた箇所が確認できたので、ティッシュを巻きつけた右手の親指を突っ込んだ。

「んあっ」

驚いた桃花が変な声を出し、目をまん丸にする。遅れて俺の腕を掴んで、目で訴えてきたが無視して圧迫を続けた。

「じっとしてろ。止まるまでの辛抱だ」

言い聞かせると桃花は眉尻を下げた困り顔で俺を見る。

頭や口は血管がたくさん通っているから出血量が多くなる。血の味がするし、それを飲み込むしかないからつらかっただろうな。

「さっきの話だけど、桃花と結婚しても、消防士は辞めない」

桃花の眉間に皺がぐっと寄る。

「よく考えてみてくれ。三十五の大の大人が、どうして仕事をするのに親の許可がいるんだ」

子どもたちは元気に踊り続けている。童謡や手遊び、ダンスが投稿されている動画配信サービスのチャンネルをランダム再生にしているので、飽きるまでは大丈夫そうだ。

「うちの事業と関連している会社であれば、裏で手を回されて、という厄介なことがあったかもしれない。でも消防士はまったく関係ない」

空いている左手で桃花の頬を包み込む。柔らかくて、大事にしなければ簡単に傷ついてしまう。

「家族は大切にすべきとは思うけど、親は先にいなくなる。だからこそ、死ぬまで共に過ごす相手は自分で決める。わかったか?」

桃花の顔をうしろに傾けて上から覗き込む。ついでに指をどかして口の中も確認すると血は止まっていた。

よく見ると、顎に一円玉ほどの大きさの痣ができている。

「紫色になっている。冷やすか?」

「寒いからいい」

「だったら着ておけ」

冗談か本気かわからなくて、ひとまずカーディガンを肩にかけ直すと桃花は袖に腕を通した。

「ありがとう。こうやって止血をすれば、すぐに止まるんだね」

「ティッシュは皮膚に張り付くから、ガーゼとかがいいよ」

なるほど、と納得した桃花は双子の様子をしばらく見守ってから居住まいを正した。

「本当に、橙吾さんに迷惑はかからない？」

「なにも心配いらない。結婚せず仕事を続けている今だって、両親とはたまに会っている」

桃花の両親が亡くなっていると聞いた数日後に、ちょうど実家から連絡が入った。

いつもと同じく見合い話だったが、会えるときに会っておいた方がいいのかもしれないと思わされて、電話で済まさずに直接会いに行ったのだ。

言い合いになるのが嫌であまり実家には帰らないようにしているけれど、やはり予想通りだった。

今回も見合いを断るなら、七歳下の幼馴染である奈緒と結婚すればいいとも言われて、『話にならない』と捨て台詞を吐いて家を出た。

奈緒は大企業の令嬢だから両親にとっては最高の嫁になるのかもしれないが、俺にとっては最悪の相手だ。

奈緒から何度も告白されているし、好意には大学生の頃から気づいている。しかし幼馴染というのもあって妹としか見られず、告白されるたびに断っていた。

そうしているうちに奈緒は恋人を作っては別れる行為を繰り返すようになり、それが寂しさを紛らわすためと本人に説明されても、一途とは言い難いし、どんどん苦手意識が強くなっていった。

そんな相手と夫婦になるなんて拷問でしかない。

両親とは仕事と政略結婚の点だけ相容れないだけで、関係はそこまで険悪というわけではない。

育ててもらった感謝は人並みにしているし、これ以上迷惑をかけないよう、父親の口座に義務教育以降に出してもらった学費を全額振り込んだ。父の日と母の日にはプレゼントを毎年贈っている。

まあ学費にかんしては、消防士としての俺を認めてほしいというよこしまな思いがありはしたが。

考えあぐねている桃花の両手を取って、瞳に映る自分を確認できるくらい凝視した。

「桃花の気持ちを聞かせてくれ」

「私は……」

声も唇も瞳も揺れている。桃花にはいつでも笑っていてほしいから、こんなときですら胸が痛む。

この話はやめておこうかと口走りそうになるのをぐっと堪えて返事を待った。

「時間がほしい。恋人という関係じゃなくて、お互いに大切な人として、まずはかかわっていきたい」

「そうしよう」

すぐに返事をすると、桃花は瞬きすら忘れて目を見開いている。

「……いいの？」

「自分でそう言ったんだろう」

少し笑うと、桃花は眉尻を下げて困ったような顔で笑った。

「そうなんだけど」

「人と人との関係は時間が育むものだ。すぐに結果を求めて急かしても、心はついていかない。桃花と紅汰と桜子とは、ずっと一緒にいたいんだ。桃花が決断できるまで待つよ」

桃花は俺から目を逸らさず、しっかりと頷いた。

息遣いが感じられる距離で見つめ合っていると、双子の奇声が耳をつんざいた。

何事かと振り向くと、ふたりともはちきれんばかりの笑顔でなにやら会話をしている。

桃花が立ち上がったので俺もあとに続き、けらけらと笑う紅汰をうしろから抱き寄せて画面に視線を落とした。紅汰は嫌がる素振りもなく、過呼吸にならないか心配になるほどずっと笑っている。

心がほっとする体温なのに、これからも一緒にいられる保証がないからか、感傷が切なさや寂しさに変わる。

桃花だけでなく、紅汰と桜子に受け入れてもらうまでの道のりはなかなか苦しいものになるかもしれない。

ひとときの幸せを噛み締めて、自分のこれからの身の振り方について改めて考えを巡らせた。

＊＊＊

桃花たちと花見をした翌週に食事へ行き、そこからさらに一週間が経った。

できれば毎日でも会いたいのだが、千葉にいて、小さな子どもがふたりいるのでもちろん無理だ。明後日ようやく会えるので、楽しみに日々頑張っている。

ロッカールームで着替えていると佐橋がすっきりした顔で現れた。

ここ一カ月くらいの間感染症が蔓延しており、佐橋も一週間ほど欠勤を余儀なくされ、チームのメンバーが変則的に入れ替わっていて、こうしてゆっくり顔を合わせるのは久し振りだ。

「橙吾さんおはようございます。明後日のデートどこに行くんですか？　俺気になって、夜も眠れません」

「どの口が言っているんだ」

半年前に彼女ができた佐橋は水を得た魚のようだ。

桃花との再会について話したらわざわざメッセージで状況確認をしてくるくらい、色恋話が好きなのは変わらない。

「この前はいい感じだったんですよね？」

「一歩前進といったところだ」

桃花と別れたあと、気を紛らわそうと必要以上に筋トレをしていたら肉離れになり、同じチームである佐橋には迷惑をかけた。

それと、当時はただ考え込んでいただけなのだが、黙っている時間が増えたことでこれまで以上に部下に威圧感を与えるようになったらしく、佐橋が周りへフォローを入れてくれていた。

いつも軽口を叩いているけれど、しっかりしていて頼れる後輩なのだ。

「俺の主観になるけど」

起きた出来事や過去のすれ違いについてかいつまんで話しはしていたが、文章では伝えづらく、細かい部分に触れてはいなかった。

詳しく説明すると、佐橋は小難しい顔になって壁の一点をじっと見つめる。

佐橋の意見を参考にしようと返事を待ちつつ、メッセージのチェックをする。

今朝は初めて桜子がミニトマトを食べたと、喜んでいる姿が想像できるテンション高めの文章が届いている。

根気強くミニトマトを出し続けた桃花の労力を労った返事を送り、佐橋を見る。

「あえて黙っていたんですけど、実は少し前に奈緒さんを見たんですよね」

「どこで」

身体の中心に冷たいものが走る。

消防署で働き始めてまだ両親の反発が強かった頃、俺を説得するために何度か奈緒はここを訪ねてきている。

訓練中遠巻きに見学をしたり、業務が終わる時間に外で待ち伏せをしていた程度だが、佐橋を含めた隊員数名は奈緒の存在を知っている。

「拗らせたくないので、〝もしかしたら〟という前提で聞いてくださいよ」

声を潜めた佐橋に目配せをして外へ誘う。事務所を通り過ぎて屋外に出ると、春の生暖かい日差しが降り注いでいた。

「まだ時間あるのに、悪いな」

「いいですよそんなの。……見かけたのは、ポワッタビジューの近くです」

反射的に溜め息がこぼれそうになったのをなんとか堪え、目を閉じて感情を静まらせる。

「消防署の近くだし、そのときは、橙吾さんに会いに来たんだろうなと思っていました」

奈緒から連絡が来たのは桃花と再会したばかりの頃で、折り返さず無視をしている。

最後に会ったのは年明けだ。そのときは消防署の近くで待ち伏せされて、仕方なく立ち話をした。

「最近は会っていない」

「そうですか。じゃあ、違う用事があったとか……」

おそらく俺と佐橋の頭には同じことが浮かんでいる。

「ありがとう。気を配ってみる」

「今度こそ、桃花ちゃんを紹介してもらえるといいなぁ」

「紹介してどうするんだ」

「家族ぐるみのお付き合いをするんですよ」

佐橋も結婚を考えているのか。いろいろな意味でそうなるといいのだが……。

佐橋のおかげで空気は軽くなっても、ざらついた胸はしばらく元通りにならない。

奈緒と直接顔を合わせるのは嫌だし電話すら気が引けるが、そうは言っていられないか。明日仕事が終わったらすぐに対処しよう。また桃花に余計な話を吹き込まれたらたまったものじゃない。

隊員たちが続々とやってきて辺りが騒がしくなる。一度自分の問題は頭の片隅に追いやって、大交替をすべく気持ちを整えた。

七、交錯するそれぞれの感情

四人で過ごした日から橙吾さんとは毎日連絡を取り合っていて、時間が合うときはビデオ通話で双子とも話をしている。

一度食事に連れていってもらったのだが、それは体調があまりよくないとこぼした私を心配した橙吾さんが、東京から飛んできてくれたのだ。

姉にも家庭があるしあまり迷惑はかけたくないと、高熱が出たりしてどうにもならないとき以外は頼らないようにしている。だから久し振りに誰かに甘えられて泣きそうになった。

橙吾さんとずっと一緒にいたいし、家族になりたいと欲が出ている。

でも、子どもたちにとってはいきなり現れた知らない男の人だから。とくに人見知りの激しい桜子が橙吾さんを受け入れるまでは、慎重にならなければいけない。

ふたりが橙吾さんの子だと伝えるのも、もう少しだけ時間をかけたい。

保育園は奇跡的に追加募集の枠が空いており、五月からの入園が決まっている。

ただ、新居が決まっていない。子どもが住みやすい場所がいいので、きちんと内見して周辺環境についても調べていたら時間がかかってしまった。

即入居可の物件で気に入ったところがあるので、次の休みに契約しに行く予定だ。千葉店での勤務は四月いっぱいまでで、引っ越しが終わり次第本店での勤務を開始することで店長と話がついている。

いろいろと考えてばかりで寝つきが悪くなり、たぶんそれが体調不良の原因になっている。かといって橙吾さんに相談するのもなんか違うというか。

あと一時間ほどで仕事が終わるというタイミングで、千葉店の店長に呼ばれた。店舗の電話子機を手にしており、クレームが入ったのかもしれないと緊張が走る。

「本店から電話。私は今事情を聞いたけど、小早川さんの耳にも入れてほしくて」

千葉店店長の顔色が心なしか悪い気がする。なにが起きたのだろうかと、胸のざわつきを感じつつ電話の保留音を切った。

「お電話代わりました。小早川です」

【ももちゃん、大変だ】

店長は開口一番から焦った声でいる。

【卸業者から、突然取引停止するって連絡があった】

「え!? それって、いつからですか？」

【今週分で最後】

理解するまでに時間がかかった。卸業者は毎週決まった曜日に材料を届けに来る。つまり、来週からの材料がないってこと？

次の卸業者を決めて契約をし、実際に卸してもらうまでにどれくらいの日数が必要になるのか。

【明日の閉店後、社員だけ集まってリモート会議をする予定なんだけど、ももちゃん忙しい？】

明日は土曜日なので子どもたちは家にいるから、会議の時間までに寝かしつけてしまおう。まだパートなのに、すでに正社員扱いしてもらえてありがたい。

「大丈夫です」

【よかった、ありがとう。また詳細はメッセージ送るから、とりあえず最悪の事態に備えて、心構えをしておいてほしい】

通話を終えて電話子機を元の場所に戻す。千葉店の店長に私も会議に出席する旨を伝えて、ひとまず業務に戻った。

こういうのって、もっと余裕を持って連絡をするものではないの？　営業妨害になるし、訴えてもいいのでは？

製菓学校を卒業後ポワッタビジューに就職したので、私は業界の横の繋がりがほとんどない。他店でパティシエをしている友達に専門卸業者を紹介してもらうとか、その程度の方法しか浮かばない。

ケーキを作れなくなった場合、店は臨時休業するとして、すでに予約が入っている誕生日ケーキなどはどうすればいいのか。

提供できなかった場合、お客さまとの信頼関係が崩れて店の評判は落ちる。

営業できないだけでなく、もっと深刻な事態を招いてしまうのでは……。

問題解決への糸口が見つからないまま退店時間となり、店から直接保育園に車で向かう。双子を迎えてマンションに戻り、建物の隣にある平面駐車場に着く頃には三十分が経過している。

今日の給食はお魚だったから、夜ご飯はお肉にしよう。お昼寝はいっぱいしたのかな。夜は早く寝てくれるだろうか。

「ママがご飯作っている間、ふたりで遊べるかな？」

「いーよー」

「さーちゃ、おままもとしゅる」

双子であっても、発語の遅い紅汰とお喋りな桜子ではかなりの差がある。

「おままごと好きだねぇ」

保育園が変わると精神的に不安定になるだろうし、いつも頑張っているから新しいおもちゃを買ってあげたいな。

引っ越しが落ち着いても、もしかしたら馴染めなくて保育園に行きたくないと泣くかもしれない。考えても仕方のないことに不安を抱いて、最近は胃がきりきりと痛む。

右手と左手でふたりと手を繋いで駐車場からエントランスへ歩いていると、扉の前にいた女性がすっと目の前に立った。

「こんにちは。お久し振りです」

あまりに突然で呆けてしまい、なんの返事もできないまま目の前の顔を凝視した。

ふと浮かんだのは、そういえばカフェでのお金を返しそびれたということ。

「山科です。忘れられているなんて、ちょっと悲しいですね」

微笑んではいるが目の奥は笑っておらず、警戒心が働いて子どもたちと繋いでいる手に力がこもる。

「話があるので、少しお時間いただけますか」

三年前を想起させる態度と物言いに、唾がうまく飲み込めず拍動が速くなった。

この状況でどうして時間が取れると思うのか。

「すみません、子どもたちが一緒なので難しいです」

毅然として断ると、山科さんはあからさまに不機嫌な表情になる。

「桃花さんって今も昔も自分勝手ですよね。私からのお願いを忘れているようだから、もう一度言わせてもらいますけど、橙吾の邪魔をしないで」

様々な感情がぐるぐると物凄い勢いで駆け巡る。

橙吾さんに黙って子どもを生んで、たしかに自分勝手なのかもしれない。でも山科さんには関係ないし、けなされる筋合いはないはず。

しかし双子の手前よくない言葉は使いたくない。不穏な空気を感じ取っているのか、子どもたちはもうすでに不安がって表情を強張らせている。

「ねえ、それ、橙吾の子どもなんでしょう。許可も取らず生むなんてひどいですよ。橙吾は真面目だから、責任を取るに決まっているじゃないですか。もしかして橙吾に愛されているとでも？　勘違いもはなはだしい」

主観は人それぞれなので、山科さんがそう思っているなら口を挟むつもりはない。だけど子どもの前で言うことではない。

「お金に困っているなら私が援助します。だから、目の前から消えてもらえませんか。それが橙吾のためです。いい大人なんですから、それくらいわかりますよね」

鼻で笑われた。

聞くに堪えない暴言を吐かれて、頭の中でぷつっと糸が切れた音がする。

そもそも足を止めて彼女の話を聞かなければならない理由はもうない。橙吾さんから、家の事情と切り離していいと言われている。

山科さんのようにプライドが高い人には、無視するより言い返す方が拗れるだろう。そう判断して、なにも言うまいと口をまっすぐ引き結ぶ。

会釈をして山科さんを追い抜かそうとすると、すれ違いざまに肩を強く押された。

「ちょっと待ちなさいよ。話は終わってない」

押された方の手を繋いでいた紅汰が、驚いて私から離れてしまった。

「ごめんね。おいで」

桜子と手を繋いだまま紅汰へ腕を伸ばしたが、首を左右に振って拒絶される。

感受性が強いのにこんな強い口調を耳にして、きっと見た目以上に心に負担がかかっているはずだ。

紅汰だけなら抱っこして逃げられるけれど桜子がいる。ここで桜子の手を離して紅汰をフォローするのも先が読めなくて怖い。

「ちゃんと答えてくださいよ。無視するなんて、人としてどうなんですか」

もう滅茶苦茶すぎる。こちらが反論しないのをいいことにやりたい放題だ。

「お店大変なんですよね？　橙吾と別れるのなら、助けてあげてもいいですよ？」

勝ち誇った顔を呆然と見つめる。

私だけでなく、ポワッタビジューにまで手を出したというの……？　もしそうなら、山科さんの力は私の想像の範疇を超えている。彼女に楯突けばもっと大きな被害を受けるかもしれない。

心理的に追い詰められてその場から一歩も動けなくなったときだった。

道路の向こうから走ってきたＳＵＶ車が、私たちのすぐ目の前にハザードランプを点灯させて停止する。

え、どうして。

現れるはずのない人が車の運転席から下りてきて激しく混乱した。

「紅汰、おいで」

橙吾さんは立ちすくんでいた紅汰を片手で軽々と抱き上げてから、私のつま先から頭のてっぺんまで視線を流す。

なんだろうかと首を傾げたあと、そろりと山科さんを盗み見る。

彼女はとくに驚いたり焦っている様子はなく堂々としていて、こちらの態度にも疑問を感じずにはいられない。

「怪我はないか」

「だいじょ――」

「奈緒が危害を加えるとでも？　相変わらずひどいなぁ橙吾は」

私の声を遮った山科さんは、棘のある口調で橙吾さんに詰め寄った。

あれ。山科さんって自分のこと名前で呼んでいなかったよね。こっちが素なのかな。だとしたら体裁を気にしているんだろうけど、なんだかちぐはぐな人だ。

本来ここにいるはずのないふたりがいることで、脳が現実逃避を始めている。

「桃花と子どもたちにかかわるな。おまえには関係ない」

口調は淡々としているが、僅かに苛立ちが含まれている。

幼馴染は仲がいいって勝手な固定観念があったけれど、橙吾さんにとって山科さんの存在がどういったものなのかこの一瞬で理解できた。

「橙吾がここまで馬鹿だったなんて。こんな価値のない女を選んでどうするの？　なんの利益もないじゃない」

先ほどから暴言を浴びていたせいか、もうなにも感じなくなっている。ただ子どもには聞かせたくないので、抱き上げた桜子の耳もとに「お茶飲む？」と囁きかける。

桜子が頷いたので、もう一度その場に下ろして水筒からお茶を飲ませた。

紅汰はどうだろう。水筒を持って振ってみたが、こちらを一切見ていない。

「愛しているから結婚する。当たり前なことを言わせないでくれ。くだらない」

橙吾さんの口が悪い。山科さんは心底嫌そうな顔をして、盛大な溜め息をついた。

「でも一度別れているじゃない。しかも子どもが生まれているのも知らずにいて、どの口が言っているの？　情けない」

山科さんって、橙吾さんが好きなんだよね？

とてもそうは思えない態度に呆気に取られる。

「そうだな。だからこれからは間違えないように、桃花のそばから離れるつもりはない」

山科さんは攻撃的な目つきで橙吾さんを睨んだ。

「こんな、子どもが、なによ」

忌々しい言葉を口にしたかのように顔を歪めると、山科さんは橙吾さんに詰め寄って手を伸ばす。

てっきり橙吾さんに触れるとばかり思っていたのに、山科さんの目的は紅汰だったようで、小さな頭に手が置かれそうになった。瞬時に橙吾さんが避けて難を逃れる。

……はらはらする。この子たちになにかあったらと想像するだけで身体が震える。

「俺は消防士を辞めるつもりはない。桃花の夫、双子の父親としての自分も、手放すつもりはない」

大きい声ではないにしろ肌が粟立つような凄みがあった。

「行こう、桃花」

紅汰を抱っこしたまま橙吾さんがエントランスに足を踏み入れたので、慌ててあとに続く。桜子を抱いていたのもあるが、怖くてうしろを振り向けなかった。

「車をパーキングに停めてから行く。ひとりで平気か?」

頷くと、「すぐ行くから待っていろ」と、橙吾さんは出ていった。

目まぐるしい展開に心も頭もついていけていない。ひとまずやるべきことに集中しよう。

手洗いを済ませ、双子の時間稼ぎにテレビをつけ、キッチンへ移動して炊飯器からお茶碗にご飯をよそう。

子どもたちが熱くて食べられないので、こうして冷ましてからテーブルに並べるようにしているのだ。

おかずは鶏肉の照り焼きにしよう。桜子の好きな唐揚げにしたかったけれどキッチンから離れられなくなるし、これはこれでふたりの好物だから。

インターフォンが鳴り、橙吾さんを玄関先に迎え入れる。

「橙吾さん、時間ある？」

「ああ」

「話したいから、上がってもらってもいい？」

これまで送り迎えはマンションの前だったので、橙吾さんが家に来るのは初めてだ。

「ありがとう。お邪魔します」

「とごー！」

私たちのやり取りを聞きつけた紅汰が全力で駆けてきた。勢いを一切緩めず橙吾さんの胸に飛び込む。

保育園のお迎えのときによくやられるのだが、わりと本気で痛かったりする。橙吾さんは顔色ひとつ変えずに受け止めて笑った。

「体力が有り余っているな。俺と遊ぶか」

廊下の先では桜子がこちらの様子をうかがっている。

「桜子も一緒に遊ぼう。なにがしたい？」

「さーちゃ、ぽっぽーしたい」

おままごとに誘うと予想していたので意外だった。

「なんて？」

「汽車ポッポかな。私もちょっと、詳しくはわからない」

説明を聞いた橙吾さんは紅汰を持ち上げると、桜子に歩み寄って手を差し出す。

「いいよ、やろう」

桜子は「うん！」と花が咲いたように愛らしく笑って、大きな手のひらをぎゅっと掴んだ。

胸が締めつけられて苦しい。

あー……、動画に収めたかった。

今日は桜子が初めて橙吾さんと手を繋いだ記念日だ。感動の涙を手で拭って、調理の続きをするためにキッチンへ戻った。

いつもは双子が安全に過ごしているか不安で、何度も中断して様子を見に行っていた工程がないだけで調理がはかどる。加えて楽しそうな三人の声が疲れを吹き飛ばしてくれた。

また胸に込み上げるものがあり、天井を仰いで必死に堪える。

なんて穏やかで幸せな時間なのだろう。

桜子が言っていた汽車というのは、膝の上に子どもをのせて上下左右に揺らす遊びだったみたいだ。

ムウが隙を見て橙吾さんに身体をすり寄せに行くが、子どもたちのパワーに負けて悲しそうにすごすごと退散するのを繰り返している。

ムウも覚えているんだなぁと、そこでも感情を揺さぶられ、平常心を保つのが大変だった。

夕食は橙吾さんの分も用意したので驚いていたが、美味しいと言ってすべて綺麗に平らげてもらえた。

双子の食事のフォローをして、風呂上がりの着替えと髪を乾かすのも手伝ってくれた。おかげで食事の時間が遅れたにもかかわらずいつもの就寝時間に間に合い、二十時過ぎのリビングでこうしてふたり過ごせる時間が作れた。

ここから東京まで車を運転して帰らなければいけないし、二十一時くらいには解放させたい。

うちにはソファがないので、リビングテーブルで向き合って座る。入れたばかりの温かい珈琲はまだ熱くて口がつけられない。

「また迷惑をかけてすまなかった」

「橙吾さんのせいじゃないから謝らないで。それより、どうしてうちに来たの？」

橙吾さんは静かに珈琲を飲んで小さく息をつく。

「最近、ポワッタビジューの近くで奈緒を見かけたと、佐橋から聞いたんだ」

佐橋さん、久し振りに聞く名前だ。まだ橙吾さんと一緒に消防士を続けているのだと知って、会ったことがないのに嬉しくなる。

きっと元気なんだよね。怪我の多い仕事だし、よかった。

山科さんは初めて会った日に店を訪ねてきているし、さっきの出来事もあるのでそこには今さら驚いたりしない。

「また桃花に余計な話を吹き込むつもりかもしれないし、奈緒の実家まで行ったんだ。あいつはずっと実家暮らしだから」

幼馴染とはいえ互いの実家に行ける関係性なのが、ふたりの長い付き合いを象徴していて心がもやもやする。

奈緒って呼び捨てだし。幼馴染だからそれが普通だとしても、ちょっと嫌だ。

「奈緒はいなかったけど、山科のおじさんの秘書で、世話役を兼任している人に、こっそり教えてもらった」

聞き馴染みのない単語に呆気に取られる。なんでもないことのように話している橙吾さんもまたそういう世界の人なのだと、初めて実感した。

「定期的に興信所に依頼して、俺について調べているらしい。だから桃花と再会して、何度か会っているのを知って、今度は桃花について調べたそうだ」

興信所って……。

そんな大層なものを簡単に使える山科さんが末恐ろしくなる。きっと、なんでもできてしまう人なのだ。

「山科さん、橙吾さんが大好きなんだね」

先ほどは疑わしくなったけれど、彼女の行きすぎた行動の原動力となっているのは橙吾さんだもの。

「どうかな。これまでなんでも手に入れてきたから、思い通りにならない俺に執着しているだけのような気がする。あとはソウミヤホールディングスとの繋がりを重要視している。本人は腰掛け入社で働いていて、二十八歳という年齢に焦りもあるはずだから」

「山科さんのこと、いろいろわかっているんだね」

昔から気が合わなかったのかな。あんなに可愛い外見をしているし、一度も恋仲になっていないのだろうか。

「桃花、嫉妬してる？」

図星を突かれて、ぐっと詰まる。

唇をきゅっと結んで顔を背け、珈琲が入ったマグカップに口をつける。橙吾さんは追及せず、私に合わせて一緒に珈琲を飲んだ。

「これ以上危害が及ばないよう、必ず解決させるから」

そうなると、橙吾さんはまた山科さんと対峙しなければならない。ふたりの関係を私がとやかく言える立場ではないのはわかっているのに、胸の奥がもやもやしてすっきりしない。

黙っていると変に意識してしまうので、今日あった出来事を相談しようと口を開いた。

「本店の店長から電話があって、卸業者が急に取引停止を申し出たそうなの。しかも今あるので最後で、来週からは卸してもらえないって」

橙吾さんの眉間に皺がくっきりと刻まれる。

「業者が倒産したとかではなく？」

「そうではないみたい。詳細の追加メッセージが送られてきたけど、向こうの一方的な契約解除だって」

理由ははっきりしていないそうだ。だからこそ余計に店長は精神的にやられているらしい。渚ちゃんから、『店長メンタルズタボロ』とメッセージが送られてきて、どうフォローしていくか、こちらはこちらでやり取りをしている。

「それって……」

続きを待ったが、橙吾さんは指先で顎の辺りを撫でて黙り込んだ。

パティスリーとは無関係な仕事をしているのだから助言はできないよね。もしくは山科さんの仕業だと勘付いているのかもしれない。ただ、憶測で決めつけられないから、橙吾さんに話すのはまだやめておこう。

「仕事のトラブルに続いて、山科さんがいきなり現れて、ひとりだったら不安に押し潰されていたかもしれない。ありがとう、橙吾さん」

何度お礼を伝えても足りないくらいだ。橙吾さんの迅速な行動力がなければ、双子にまで影響があったかもしれないもの。

「間に合ってよかったよ。奈緒に電話をかけても出ないし、妙な胸騒ぎがして、昼前からずっとあいつが行きそうな場所をあたっていたんだ。マンションに来る前に、東京の本店と保育園にも寄った」

「えっ」

　橙吾さんは昨日当務で寝不足だから、今日はいつもなら休息を取る日だ。

「大丈夫？　眠たいんじゃない？」

「そうだな、少し」

　ますます帰りの運転が心配だ。置時計に目をやると、二十時半になっている。

「そろそろ――」

「桃花、結婚しよう。家族になることを、俺は生きている限り絶対に諦めない。だから桃花が、拒否するのを諦めてくれ」

　唐突に言われ、たじろいで両手を揉み合わせた。

　再会してまだ五回しか会っていない。大事なことを打ち明けられていないし、きちんと説明してからじゃないと……。

「紅汰と桜子は、どう見ても俺の子だ。違うか？」

　まるで私の心を読んでいるかのようだ。橙吾さんの方から話に触れてくれたおかげで踏ん切りがついた。

　大きく息を吸って口を開ける。

「……そうだよ。ずっと黙っていてごめんね」

「桃花なりに考えがあったんだろう。教えてくれてありがとう」

「もう、優しすぎるよ……」

感謝される立場ではない。こんな重大な事実を今までひた隠しにしていて、非難されてもおかしくないのに。

橙吾さんの想いが、最初から収まる場所が決まっていたかのようにすとんと胸に落ちる。

子どもたちが橙吾さんを受け入れられなかったらどうしようとか、起きていないことを心配してがんじがらめになって、不幸せにしているのは自分自身なのだというのは頭の隅でわかっていた。

私はずっと橙吾さんが好き。

こうしてすべてを受け止めてくれたのだから、私も自分の気持ちに素直にならなくちゃ。

頭の芯にまで響いている心臓の音に負けないよう、お腹に力を入れて声を出そうとしたのに、喉を超えていったのは嗚咽だった。

素を曝け出せる橙吾さんの前だというのと、子どもが別室で眠っている安心感も助長して感情を押さえつけられない。

「橙吾さんと、一緒に、いたい」

泣きながら精一杯に訴える。

恥ずかしい。これじゃあ小さな子どもみたいだ。

「……よかった。ありがとう」

手で涙を拭っている私を抱き締めて橙吾さんは安堵の息をついた。心地いいひと肌の温度と橙吾さんの優しさに包まれて、身体から力が抜けていく。

橙吾さんは私が泣き止むまで労うように背中を撫でてくれた。

「ごめんね。落ち着いた」

橙吾さんの胸の中でそっと息をつくと、安心させるように背中を優しくさすられて胸に甘い痛みが走る。

「これまでずっと、ひとりで頑張らせてすまなかった。泣くほど、いっぱいいっぱいだったんだろう」

「そうなのかもしれない。私より、橙吾さんの方が私をわかっているもんね」

返事を待ったが静けさが漂ったままだ。どうしてなにも言わないのだろうかと顔を上げると、橙吾さんと視線が交わる。

「悪い、感動を噛み締めていた」

気恥ずかしそうに微笑んだ姿に胸がきゅんとする。

この感覚久し振りだな。

ふたりの気持ちが通じ合って、同じ方向を見ているという安心感が大きな力を漲らせてくれる。

大丈夫。私なら橙吾さんと子どもたちを幸せにできる。

「明日って、非番だったよね？」

「そうだ。どうした？」

首を傾げた橙吾さんをやっぱりまだ真正面から見られない。

「よかったら泊まっていかない？　用意がないから難しいかな」

「そうさせてもらう。今日は不安だろうから一緒にいるよ。ありがとう」

今度は言い終わるや否や返事が戻ってきた。

私が心配性だから、変な間を作らないようにしていると昔話していた。細かい部分からも思いやりの気持ちが感じられて、いつも安心できていたんだよね。

「車に着替えを積んでいるんだ。持ってきていいか？」

私と別れてからジムに通うようになって、そのための着替えを車に置いてあるとこの前話していた。

「うん、待ってるね」

橙吾さんが部屋を出ていってから、姉に今日あった出来事を急いで報告する。

再会したことは伝えていて、どうしたらいいのか相談にのってもらっていた。

忙しい時間帯だから、返信がくるのは遅い時間か明日の朝かな。

かなりの長文を送ったところで橙吾さんが戻ってくる。

「ただいま」

「おかえり」

照れくさくてそわそわしてしまう。橙吾さんは私に腕を伸ばしかけて「あっ」と一歩引いた。

「シャワー浴びてからじゃないといけないよな」

「あ、うん」

浮かれているのは私だけではないらしい。

橙吾さんが浴室に入ってから双子の様子を見に行って、それから髪を整えたり、リップクリームを塗ったりして間を持たせる。

子どもがいるし、そういう行為はしないはずだ。それでも同じベッドで眠るのだと考えただけでドキドキする。

ほどなくして髪まで乾かした橙吾さんがリビングに戻ってきた。

「ありがとう。すっきりした」

「Tシャツだけで寒くない？」

下も短パンという夏の格好だ。

「俺、体温高いから」

「そういえばそうだったね」

橙吾さんのマンションでお泊まりしていた頃も、真冬なのに薄手の服を着ていた。

「ちょっと早いけど眠れる？　子どもたち六時前には起きちゃうから、そろそろ休んだ方がいいと思うの」

橙吾さんは寝不足だろうし、まずは疲れを取ってもらいたい。

「明日もあるし、そうするか」

こちらに合わせてもらえるのがありがたい。

洗面所に移動して新品の歯ブラシを渡すと、橙吾さんがぴたっと動きを止めた。

「これは誰用のだ？」

「誰のでもないよ。新品でしょう？」

「桃花は小さいヘッドで、柔らかめのブラシじゃないのか」

そう、私は十代の頃からその歯ブラシを好んで使っている。

「子どもの靴磨き用に買ったやつって、すぐにバレちゃったね」

苦笑すると、橙吾さんは「なんだ」と安堵して歯ブラシの包装を破った。

いろいろと覚えていたのも嬉しいし、あからさまな嫉妬も可愛くてたまらない。

「どうした？」

「ん？」

「にこにこしているから」

頬が緩んでいる自覚はあるが、突っ込まれると恥ずかしくなる。

「内緒だよ」

本音を曝け出せるわけがない。そんな真似をしたら橙吾さんがやきもちを隠すようになるかもしれないもの。

不思議そうな顔をしたものの、私の頭をするりと撫でるだけで話題を流した橙吾さんは大人だ。

支度を終えて、双子を起こさないように忍び足でベッドに入る。

シングルベッドをふたつくっつけて寝ているので、身体が大きい橙吾さんはかなり窮屈そうだ。

「子どもを潰しそうだな」

本気で心配しているところに愛情を感じて、静かにしなければいけないのに笑い声が抑えられない。

「端っこにしようか。橙吾さん奥に行って」

いつもは双子の真ん中に私が寝ているのだが、今日だけはふたりに並んでもらおう。

左から紅汰、桜子、私、橙吾さんの順番で横になる。

双子の方に横向きになると、橙吾さんがうしろから包み込むように私を抱き締めた。

いつもは自分が子どもたちを守る側だから、身を任せていい存在がいることに身体から力が抜ける。

「安心する」

「いい夢が見られそうだな」

「うん」と返事をしたのを最後に、泥に埋もれていくような睡魔が猛烈にやってくる。

まだキスすらしていないのに……。

頭ではわかっているのに抗えず、気絶するみたいに深い眠りに落ちていった。

まだ双子が生まれていない私と橙吾さんがデートしている夢を見た。これは夢だとわかってから、瞼の向こうに明るさを感じて目を開ける。

肌が汗ばんでいて大きく息をつき、手に感じる重みの正体にまた安堵の息を漏らした。

「うなされていたけど、怖い夢でも見たか？」

双子は布団を蹴飛ばして、とんでもない寝相でまだ眠っている。うしろを振り向くと、橙吾さんが私の人差し指を擦りながら欠伸をした。

先に起きて、暇潰しに私の手で遊んでいたのだろうか。

「橙吾さんの夢を見た」

正直に答えると、柔和な表情がぴしりと固まる。

「夢は楽しかったよ。暑かったのかな。汗かいちゃった」

「俺の体温のせいだろうな」

なるほど、と頷いた。橙吾さんと一緒なら真冬は暖房いらずかもしれない。

「まだ寝るか？」

時計を見やると六時になるところだった。

「起きようかな」

身体をくるりと反転させて仰向けになり、うーんと伸びをする。するといきなり橙吾さんが覆い被さり、影で視界が暗くなった。

何事かと驚いているところに優しいキスが降ってきて、息をするのを止める。柔らかな唇はすぐに離れていき、どさっと大きな身体が右隣に横たわった。

まだ寝惚けているのとキスの余韻で、頭がぼうっとして働かない。

「……え？」

おそらく一分は経過していたと思う。驚きの声を発すると、「え」と同じように返された。

顔を見合わせて、一拍置いて互いに破顔する。

こうして穏やかな朝を迎えられて、橙吾さんとこの幸せを分かち合えるのが心の底から嬉しい。

「橙吾さん、大好き」

ぎゅうっと抱きつくと、「俺もだよ」と脳みそが溶けそうな甘い声が落ちてくる。

もう一度キスのおねだりをしようと顔を上げたところで、桜子の「ままぁ？」という声がして飛び起きた。

桜子は目をきらきらさせて、面白いものを見つけたときのように橙吾さんを指差して笑う。

「とご、なにちてるのー？」

「おはよう、桜子。今日は俺も一緒だよ」

「えー？」

溢れんばかりの笑顔から、心の底から喜んでいるのが伝わってくる。私が思っていた以上に桜子は橙吾さんに懐いているようだ。

「一緒にトイレに行こうか」

「あっこ、あっこ」

朝は起きてすぐにトイレに行くと決めていて、昨晩寝る直前に説明したのを覚えてくれていたらしい。

桜子を抱いてベッドから下りた頼もしい橙吾さんに感謝して、私は紅汰の機嫌を損ねないように時間をかけてゆっくり起こすことにした。


朝ご飯を食べて身支度を整え、今日はどこに遊びに行こうかと相談しているとインターフォンが鳴った。

まだ朝の八時半だ。訝しい気持ちでモニターを確認すると、画面に映っている人物に驚愕する。

「お姉ちゃん⁉」

「おはよう。開けて〜」

突然の来訪にわけがわからないまま開錠し、四人揃って姉を出迎えた。双子がリビングで遊んでいるので、見守る形でカーペットの上に輪を作って座る。

「昨日子どもと寝落ちしちゃって、起きて桃花からのメッセージ読んで、居ても立ってても居られなくて、来ちゃった」

てへ、と効果音をつけられそうな顔をしているが、橙吾さんに迷惑をかけているので笑えない。

なにもこんな早朝に突撃してこなくてもいいのに……。

「ごめん、橙吾さん」

私が謝ると、橙吾さんは目を大きく開く。

「どうして謝るんだ。こっちから早苗さんにご挨拶に行くべきなのに、こうして手間をかけさせて、むしろ俺が謝るべきだろう」

なんて優しいの。どこまでもできた人間だ。

「橙吾さんの子どもなんだから、さっさと伝えろとは言っていたの。でもこの子、けっこう頑固でしょう。細かいことなんて気にしなくていいのに、真面目で筋を通そうとするし、やきもきしていたんだよね」

ひどい言われようだ。しかしその通りなので渋い顔しか作れない。

「そこが桃花のいいところでもあるので」

橙吾さんは柔和に微笑む。そんなふうに思ってもらえているとは考えもしなかったので、胸に温かいものが込み上げた。

「甘いなぁ、橙吾さんは」

私に甘いのか、発言が甘いのか。どっちだろうと悩んで、どっちもだと結論づける。

「引っ越しの話はしたの？　仕事については？」

姉が矢継ぎ早に質問を浴びせるので、慌てて手で制した。

「ちょっと待って、お姉ちゃん」

「話してないの？　もう、大事なことは後回しにしたらだめだよ。信用問題にかかわるんだから」

注意を受けてはっとする。

両親が亡くなって、姉に迷惑かけないようにと自立するしかなかったので、人に相談するのが苦手になっていった。だから自己解決する癖がついており、これは橙吾さんにも指摘されている。

たしか、ふたりの課題をひとりのものとして扱わないでほしい、というものだった。

訝しい表情になった橙吾さんにすべてを話すと、「ちょうどいいじゃないか」と、軽い調子の声が返ってきた。

「引っ越し業者は何時からだ？　あとで電話しよう。最短の日程でうちに引っ越しておいで」

「昨日の今日なのに、大丈夫なの？」

「遅かれ早かれ一緒に暮らすのに、なにがいけないんだ？」

質問に質問で返されてぐっと詰まる。

「桃花、ここは橙吾さんに甘えよう」

「……よろしくお願いします」

姉の後押しもあって深々と頭を下げると、橙吾さんに手で両頬を挟まれた。

「他人行儀がすぎる」

「あ、はい」

謝ると今度は苦笑される。橙吾さんが私の顔から手をどけると、横から注がれる姉の視線を痛いほど感じ、気恥ずかしくなって眉間をぽりぽりとかいた。

「ねえ、今日はふたりでのんびりしたら？」

姉からの突然の提案にぽかんとする。

「桃花の車使っていい？　子どもたち、うちに連れていくよ。朔斗もいるから一緒に遊べるし、ね、そうしよう」

思わず橙吾さんと顔を見合わせる。驚きはあるものの、橙吾さんの顔色に嫌そうな雰囲気はない。

姉に預かってもらうのはこれが初めてではないし、双子も問題なく過ごせるはずだ。

「本当にいいの？」

「いいのいいの。好意っていうのは喜んで受け取るのが一番だよ。さーちゃん、こうくん、今からさなえもんの家に行くよ」

何故か姉は双子に『さなえもん』と呼ばせている。絶対に伯母さんと呼ばれたくないからららしい。

「やったー！」

「いくー！」

大喜びのふたりは、私たちに目もくれず玄関に向かって走り出す。

「おお、早い。じゃあ行くね。こっちは気にせずゆっくりして」

姉が立ち上がり、子どもたちの着替えやおむつが入ったお出掛けセットのバッグを慣れた仕草でひょいっと持った。

「お姉ちゃんありがとう」

「早苗さん、すみません。ありがとうございます」

私たちも立ち上がって頭を下げると、姉はどや顔をして親指をぐっと立てる。それから「待って～」と双子のあとを追いかけた。

三人が出ていき、橙吾さんと私だけになる。

「行きたいところはあるか？　服を買いに行きたいとか」

今でもファッションは好きだけれど、双子を育てるようになってからは実用性を重視しているので可愛い服は見ているだけで十分だ。

「できればゆっくりしたい。毎日目まぐるしくて、のんびりする時間ってあまりないから」

本を読んだり、映画を観たりする時間は今ではほとんどない。双子が眠ったらおひとりさまを満喫しようと計画を立てていても、気づいたら一緒に爆睡している。

「カフェとか？　気になっている店はある？」

行きたいのに、ぱっと場所が浮かばない。姉と時々出掛けるカフェはチェーン店ばかりで特別感がなく、今から橙吾さんと行くのはなんか違う気がする。

「俺が決めてもいいか？」

俯いて悩んでいるところに提案をしてもらって即座に頷く。

「もちろんだよ。逆にいいの？」

「任せておけ」

頼もしい声と表情に心がふわっと軽くなる。

少しだけ時間をもらってきちんと化粧をし、出産前に好んで着ていたシフォン素材のワンピースに袖を通して家を出た。橙吾さんは昨日着ていた服がもう乾いていたので、それに着替えて車を運転している。

どこに連れていってもらえるのだろうと心を弾ませながら到着したのは、全室オーシャンビューのラグジュアリーホテルだった。

レストランかカフェだと予想していたので、斜め上をいく場所に開いた口が塞がらない。

目を泳がせている私を橙吾さんは華麗にエスコートし、ホテルスタッフに案内されて七階の一室に通される。

ドアを開くとそこにはガラス窓から海が一望できる絶景が広がっており、さらにテラスと温泉露天風呂が付いていた。

「凄い……綺麗」

豪華な客室と景色に圧倒されて、感激しているのに言葉にならない。

「オーナーが知り合いなんだ。たまには利用してくれとお願いされていたのを思い出してさ。ここでよかったか？」

「こんな素敵なところに連れてきてもらえて、幸せだよ……！」

語尾につい力が入った。

オーナーとの関係性を聞いて、橙吾さんが御曹司であることを目の当たりにする。

「よかった、気に入ってもらえて」

私のために考えて部屋を用意してくれたんだよね。

安堵した様子の橙吾さんに胸がきゅんとして、口もとに両手をあてて目を瞑った。

注がれる愛情の大きさにたまらなくなる。

マンションで身支度を整えているときになにが食べたいか聞かれたので、できれば魚がいいと伝えたのだが、スイートルームに運ばれてきたのは海の幸をふんだんに取り入れた料理だった。

双子がまだ生ものを食べられないのに加えて魚が苦手であまり食べてくれず、普段の食事で避けがちになっていた。久し振りに食べられて多幸感でいっぱいになる。

そもそも双子の世話に手を焼くので、ゆっくり味わって食べる機会もそうない。

お姉ちゃんに子どもたちをみてもらっている間に私だけこんなに贅沢して、申し訳ない気分になってしまう。

せっかく気を利かせてもらったというのに母親の自分から抜け出せない。食事を終えてノンアルコールカクテルを飲みつつ、スマートフォンを手に取る。

「子どもたちの様子、確認してもいい？」

遠慮がちに尋ねると、橙吾さんは優しく微笑んだ。

「もちろん」

ふたりがぐずっていないか確認のメッセージを送ると、すぐに画像付きの返信がきた。ふたりとも満面の笑みで甥っ子の朔斗くんと遊んでいる姿が映っている。

心配しなくても大丈夫そうだ。もうすぐ三歳になる双子の成長の速さに私がついていけていない。

「楽しそうにしてる」

スマートフォンの画面を向けると、橙吾さんは目を細めて眩しいものを見るようにした。自分の子どもだとわかって、きっと今までとは感じ方に違いがあるはず。

これまで自分の決断に後悔したことはない。ただ橙吾さんと双子に対して心苦しい部分はさすがにある。

償いという表現は違うし、この感情にしっくりくる言葉が浮かばない。

ただはっきりしているのは、これから一生かけて三人に幸せを返していきたいということだ。

私はすでに一生分の幸福をもらっていると感じているから。

「外の景色を見てもいい？」

天気がよく、春の陽気が窓越しでも伝わる。

頷いた橙吾さんが席を立ち、テラスに向かったので私も続いた。露天風呂の湯に手を入れて温度を確認すると、心地いい熱さにほっと息をつく。

「あとで入ろうか」

「そうだね」

反射的に返事をしてから、その状況になったときの想像をして動揺を隠しきれない。

客室と露天風呂はガラス窓で遮られているだけで、たとえ別々に入ったとしても丸見えだ。となると、おそらく一緒に入ろうって意味だろう。

帝王切開で出産したときの傷がお腹にあるし、筋力は落ちて全体的にたるんでいる。

逃げも隠れもできないとはいえ、すべてを晒して幻滅されないか不安だ。

もちろん、橙吾さんなら受け止めてくれるはずだけれど……。

落ち着かなくて立ったままそわそわしていると、橙吾さんがそばまでやってきて私を抱き寄せた。顔が近づいてそっと目を閉じると、柔らかなものが唇に触れる。

照れくさくなって笑いながら顔を背けた私の手を取った橙吾さんが、ポケットから白い箱を取り出した。

「そのまま動かないで」

優しい声音で私に指示した橙吾さんは両手で箱を持ったまま跪いた。

「え、あの、えっ」

動揺して、わけのわからない声しか出せない。

「一生かけて幸せにする。俺と結婚してほしい」

自分の意思とは関係なく涙がこぼれて頬を伝っていく。

「……はい、お願いします」

鼻声で、情けない声になった。

箱から抜き取った指輪を私の薬指にはめた橙吾さんは、わかりやすいくらい安堵した表情をしている。

「ありがとう。綺麗」

「桃花に似合いそうなのを選んだ」

指輪を買いに行った橙吾さんの姿を想像して感動し、また感極まって涙がぶわっと溢れた。

「桃花、大好きだよ」

「わっ、私も」

大好きと続けようとしたのに嬉し泣きしすぎて声が出ない。慈しむような仕草で私の頭を撫でた橙吾さんは、親指の腹で涙を拭う。

「今から桃花を抱きたい。いいか？」

清々しいほど単刀直入だ。でもそれは私も同じで、昔みたいに橙吾さんに甘えたい欲を心の隅でずっとくすぶらせていた。

「触れて、ほしいって、思ってた」

どうにか伝えて俯いていた顔を上げると、橙吾さんの目もとが優しく細められた。なにもかも包んで守ってくれるようなこの笑顔が大好きだ。

「桃花……」

甘い声で呼ばれ、再び唇を塞がれる。何度も何度も唇を重ねていると足に力が入らなくなってきて、橙吾さんの背中に腕を回してしがみついた。

静かな空間には私たちの吐息と、唾液が混じり合う音が響いている。

「悪い、桃花。おそらく一度では終わらない」

「へっ」という間抜けな声が、私を軽々と抱き上げて部屋へ移動する橙吾さんに届いていないことを祈る。

母親となり、明らかに色気が減っているのを自覚している。少しでも可愛いと思ってもらいたい。

ああ、もっと色っぽい下着にすればよかった。昼間からするとは思っていなかったので、そこまで気が回っていなかった。

ぐるぐると回る思考はベッドに組み敷かれて吹き飛ぶ。私を見下ろす橙吾さんの瞳が獲物を狙う獰猛な獣のようで、ぞくりと身体が震えた。

キスをしながら私のバスローブを脱がし、上から下へと敏感な場所をくまなく愛撫する橙吾さんの頭に手を伸ばす。

与えられる刺激に翻弄される中で私もなにかしてあげたいと思うのに、受け止めるだけで精一杯でなにもできない。

「ふ……んぅ……」

鼻にかかった甘い声がこぼれて恥ずかしい。必死で声を抑えていると不意に橙吾さんが上体を起こし、唇を塞ぎながら逞しい身体を押し付けてきた。

「……あっ」

「それ、興奮する。やばいな」

どうやら声を出さないようにしたことが彼を煽ったようだ。目で合図を送られたあと、ゆっくりと身体の奥深くに橙吾さんの熱を感じた。

「まだ、動かないで」

繋がっただけで全身が粟立ち、快楽に思考が支配されて橙吾さんにしがみつく。

「俺がそばにいない間に、綺麗になったな」

感慨深い声を耳元で放たれて、背中の中心にぞくぞくとした波が走った。

「締めつけないでくれ。我慢できなくなる」

「そん、な」

先ほどから無意識なのでどうしようもない。それに……。

「綺麗なんかじゃないよ。たるんだし、お腹に傷もある」

「頑張ったんだな。双子を生むためとはいえ、自分以外のために身体を切るなんて、母親じゃなければできない」

予想外の返事がずしんと胸にくる。

母となる人間は誰しもが通る道で、頑張るのが当たり前だから改まって労られる機会などほとんどなかった。

「そうだけど、やっぱり昔の方が——」

「この傷を見て、俺はもっと桃花を大切にしたいと思った」

私の言葉を遮った橙吾さんは、ぐっと私の奥に熱いものを沈めた。

「俺が言うことを信じろ。それに桃花の中、おかしくなりそうなくらい気持ちいい」

律動と共に漏らす吐息の色気にあてられて胸がぎゅうぎゅうと締めつけられる。

「橙吾、さん」

たまらず呼ぶと唇に優しいキスが落ちてきた。

「桃花、愛してる」

交わったまま愛を囁かれて大きな感情の波に襲われて泣きそうだ。

「私も、愛してる。橙吾さん、気持ちいい……」

息絶え絶えに伝えた瞬間、理性がぷつりと切れたように橙吾さんの動きが激しくなった。

橙吾さんから離れたくなくて全力でしがみつく。背中に回した手のひらに伝わる彼の汗すらも愛おしい。

「や、待って」

「待たない」

「あぁっ――」

何度も昇りつめて堕ちていき、喘ぎすぎて喉がひりつく。うわ言のように橙吾さんの名前を呼び、甘い沼に溺れていった。


いっぱい愛されたあと、ふたりで湯船にゆっくりと浸かってから風呂を出ると、スマートフォンに店長からメッセージが届いていた。

まだバスローブを着たままだが、内容が気になって文章に目を通す。橙吾さんも同じバスローブ姿で、テーブルの上にグラスを置いて水を注いでいる。

いつもは双子を世話する立場なので、こうして甘えさせてもらえるのが嬉しい。

「ええっと、卸業者の件ですが、取引中止はなしになりました。今後も継続してもらえるそうです。中止になった理由はいまだ不明ではあるけれど、二度とこのような事態を招かないために、契約書の取り交わしを行います。って……え？」

読み上げた内容に、呆気に取られる。

「よかったじゃないか」

「そうだけど、いったいなんだったの……」

店長を始めとして、きっと社員のみんなは心休まらない時間を少なからず過ごしたはず。私も橙吾さんがそばにいたから気がまぎれたけれど、ひとりだったらずっと対応策に頭を悩ませていたはずだ。

十中八九、山科さんが関わっていただろうに、こんなふうに一日で前言撤回するなんて。それだけ気まぐれな人だということ？　あんなに橙吾さんに執着しているようだったのにまったく理解できない……。でも、とりあえず安心した。これで業務に支障なく営業できる。

「桃花、水飲んで」

声を掛けられても、腑に落ちない感覚が残っていてその場から動けない。そばまで歩いてきた橙吾さんを見上げると、いきなり唇で口を塞がれた。

不意打ちに驚いて心臓が飛び跳ねる。さらに水を口移しされて、喉を動かさざるを得なかった。

どうにかすべてを飲み込んで、口の端にこぼれた水を手で拭う。

「びっくりした。溺れそうだったよ」

橙吾さんは声を出さず愉快気に笑う。

意外と悪戯っ子の一面を持っているので、普段とのギャップにドキドキさせられる。

「食事にしよう。桃花に栄養を取らせたい」

いつも私が双子へ抱いている気持ちと同じだ。

大切にしてもらえているのを実感し、胸が幸福感でいっぱいになる。

仕事の件は気になるけれど、結局のところ店長に直接詳細を確認するまではなにもわからない。

今はせっかくなので橙吾さんとのひとときを満喫しよう。

食事のメニュー表を眺めている姿に両手を広げて近づくと、優しい笑顔になった橙吾さんが抱き締めてくれた。

食事よりもこうして橙吾さんにくっついていたいと言ったら、呆れられるかな。

そんなことを思いながら、私を包む高い体温が心地よくて目を瞑った。

八、守りたいものがある

あの日寝起きの私の指を触っていたのは、三年前に購入した指輪が今もはまるかどうか確認するためだったそうだ。

『新しいデザインじゃなくて悪い。三年前にプロポーズしようとしていたのを、知っていてほしかった』

ばつが悪そうに本音を吐露した姿を、何度も反芻してはにやけている。

決心をしてくれていたのに一方的に別れて、私は本当にひどい人間だ。

取り返しのつかないことをした過去は変えられない。だから、これから私の人生をかけて橙吾さんを大切にする。

無事に引っ越しを終えて、双子は新しい保育園に通い始め、私は本店でパティシエの仕事を再開した。

そして環境ががらりと変わった中でこれまでと一番違うところは、婚姻届を提出して四人家族になったことだ。もちろんムウとグリちゃんも一緒。

住所変更や入園の手続きが二度手間にならないよう、先に済ませようという橙吾さんからの提案に甘えた。

橙吾さんのご両親にはまだご挨拶ができていない。というか、まだ報告していないらしい。

どんなに時間がかかっても必ず認めさせる、と力強く宣言してもらったが、私としては不安で仕方ない。

桜子と紅汰にとっては祖父母になるわけだから、ふたりのためにも、認めてもらえるように努力を重ねるしかないよね。

「かあいい」

桜子が手に取ったのは保育園で使う新しいハンカチだ。なんとか頑張って通ってはいるものの、情緒が不安定になっているのはきちんとわかっている。

少しでも気持ちが前向きになればいいなと思い、保育園で使用するものを一新するため日曜日の休日である今日、大型のショッピングモールへ足を延ばした。

当務の橙吾さんは一緒に行けなくて残念がっていたので、お土産話をたくさんしようと、双子の可愛い瞬間をなるべく写真に収めている。

「これにする?」

「うん!」

桜子は決断が早いが、紅汰はこういうとき優柔不断ぶりをおおいに発揮する。

「こうくん、決まったかな？」

聞いているのかいないのか、紅汰はふらふらと店内を歩いている。

長い戦いになりそうだ。待たされる桜子が機嫌を悪くしないといいけれど。お昼ご飯はおにぎりを持ってきたけど、どうしようかな。フードコートは混むだろうし、席が確保できなければ車内でもいいか――。

雑貨屋でふたりを自由にさせて見守りつつ、今後の予定を立てているときだった。

突如として耳をつんざく警報音と、火事を知らせる自動音声の放送が流れる。

「びっくり……した……」

日曜日で多くの客が行き交うフロアは騒然となり、あちこちで悲鳴が上がった。

なにかの間違いではないのか。

誰かが誤って警報機を鳴らしてしまったと考えずにはいられない。だって、こんな大きな商業施設での火災だなんて、そう簡単に起こるはずがないもの。

「さーちゃん、こうくん、こっちにおいで」

ふたりの手を繋いで、ひとまず安全な場所へ退避しようと周りを見回す。しかし混乱が起きているフロアでは、どこに向かうのが正解なのかわからない。

ここは三階だ。エスカレーターで一階まで下りて、屋外へ出るのがきっといいよね。

車は四階に停めているけれど、混乱している状況では出庫できないはず。

「よし、行こう」

怯えて泣きそうになっている双子の手を握り直し、歩みを進めた直後だった。

どこからともなく爆発音が轟き、立っていられないほどの揺れが起きる。

「きゃっ」

悲鳴を上げてその場にうずくまると、子どもたちは大きな声で泣き始めた。

「ごめん、ふたりとも」

咄嗟にふたりの頭を両手で抱え込む。

激しい揺れで店舗のショーウインドーは割れ、天井からは照明が落ち、一瞬にして惨状と化した。

怖い、どうしよう。

そこまでのトラウマになどなっていないと思っていたのに、遊園地で遭った事故の悲痛がぶり返して、手足が強張り身体が冷たくなっていくように感じた。

「みなさん落ち着いてください！　係員の指示に従って、避難してください！」

聞こえてきた大声に顔を上げる。

よかった、誘導してもらえる。

動揺して自分ひとりでは行動できずにいたが、係員がいるならなんとか避難できる。

「ママがついているからね。大丈夫だよ。頑張って歩こうね」

双子に声を掛けたが、私が狼狽えたせいかふたりは泣きやまない。それでも歩くしかないので、周りの人間に押し流されながらも少しずつ避難経路を進んでいく。

なんだか熱い。呼吸もしづらいし……。

抱いた違和感の原因はすぐに判明した。これから進むべき道で炎が上がり、凄まじい音を立てながらすべてを焼き尽くそうと赤色が揺らめいている。

「きゃー！」

「逃げろ！　また爆発するぞ！」

人々があらゆる方向へ走っていく。

いったいどこに向かえばいいというのか。小さなふたりを抱えては簡単に動けない。

「ままぁ、め、いたい」

紅汰が珍しくはっきりと言葉を発する。それほど目が痛いのだろう。

私はまだそこまで感じていないけれど、確実に煙が広がっている。

橙吾さんが言っていた。火災による死亡原因は、ほとんど煙によるものだと。

「立体駐車場に行こう」

そこなら多少なりとも換気されるので屋内にいるよりましだ。

涙で視界が奪われた双子はもう歩けない。両腕に担いで、時間をかけて駐車場に移動する。しかしみんな考えることは同じで、自動ドアの前にたくさんの人が押しかけて外に出られなくなっていた。

順番待ちをしようにも、うしろから無理やり押されて潰される。

床に下ろしていた紅汰が「ぎゃあああ！」と腹の底から力を振り絞って奇声を上げた。

「こうくん！」

こんな状況では子どもの声に耳を傾ける者などいない。おかまいなしに四方八方から押されて、紅汰を抱き上げることすら難しい。

死にもの狂いでふたりと一緒に人混みから脱出し、肩で息をしながら額に滲んだ汗を手で拭う。

「お茶を、飲もう」

持参していた水筒から双子にお茶を飲ませ、まずは呼吸を整えた。

「どうなるのかしらね」

不意に声がして振り返ると、すぐ近くに老夫婦が座っていた。男性の方は、すべてを受け入れているかのような落ち着きがあった。

「人が多すぎて、動けないんだ」

女性の方は、もうなにもかも諦めた表情でいる。

「もうここで、私たちは助けが来るのを待つわ」

「これだけの火災です。様々な近隣地域から消防隊員が来ているはずなので、きっと大丈夫ですよ」

火災報知器が鳴ってからかなりの時間が経過しているはずだ。おそらく橙吾さんも現場に到着している。

橙吾さんの姿を頭に浮かべただけで、さっきまで絶望していた心がほんの少しだけ冷静さを取り戻す。

積まれているカゴを見つけてふたつ手に取り、老夫婦の前に置いた。

「この子たちの父親が消防士なんですけど、彼が頭を守るのが最重要と言っていました。なにもしないより被った方がいいと思うので、よかったら」

老夫婦はなんとか聞き取れる小さな声で呟く。

「そうかい、消防士さんかね……」

そう、私の大切な人はハイパーレスキューなのだ。

「大丈夫。パパが助けに来てくれるからね」

本当は怖い。橙吾さんに会いたい。でも今この子たちを守れるのは私しかいないのだから、しっかりしないと。

双子を力強く抱き締めて心を奮い立たせた。

建物が揺れているのか、自分の身体が震えているのかもう判断がつかない。それに右の足首が痛く、ずきずきと大きく脈を打っている。

先ほど人混みから抜け出すときに足を捻ったのだ。軽い痛みが走っただけだったので問題ないと思っていたけれど、どうやらそうでもないらしい。

数カ月振りに買い物に出掛けるからと、お洒落して三センチのヒールのある靴を履いてきたのがいけなかった。

外へ出ようとする人の波は延々と続いて終わりが見えず、乱暴な言葉を吐いている人もいて、眺めているだけで気分が悪くなる。

また押し潰されるかもしれないので、紅汰はもうあの人混みに断固として行かないだろう。

「ありがとうね」

なにか他の方法はないかと、立ち上がって周りの様子をうかがいながら頭を一生懸命働かせていると、再び爆発音が轟いた。

通路の奥、吹き抜けの天井からシャンデリアが落下していく光景を目にし、ひゅっと息を飲む。

一番上の四階から降ってきた落下物の下にいたら命がないかもしれない。

「まま、こあい」

怖いと訴えた桜子は私の脚に抱きつく。それを見た紅汰もひっついてきて、身動きが取れなくなった。

「怖いよね……」

オウム返しをすることしかできず、安心させる言葉が浮かばない。

「可哀想に。まだこんなに小さいのに」

老夫婦の女性から声を掛けられたが、こちらに対しても情けない顔で頷くことしかできなかった。

双子を抱えて移動するしかない。ずきずきと脈を打って痛みを放つ自身の足もとに視線を落として、込み上げる不安をぐっと押さえつける。

そこのテナントでスニーカーを購入できないだろうか。店員はいないから、後日代金を支払えば……でも盗難だと誤解されるかもしれない。

ふたりの背中をさすって考えあぐねていると、もう一度爆発音が響いた。

店舗に陳列されている商品やマネキンが倒れ、物が破損する音が耳をつんざく。

激しい揺れで立っていられなくなった人々がドミノ倒しになり、あちこちから悲鳴が上がった。

列に並んだままだったら子どもたちがどうなっていたか……と想像をして、全身が震える。

立て続けの二度の爆発で煙は一気に広がり、深呼吸しようにも煙を吸うのが怖くてできない。

持っていたハンカチと、子ども用のハンドタオルを双子に持たせる。

「口にあてるんだよ」

やり方を教えたが、ふたりはうまくできない。まだ二歳半なのだから当たり前だ。

子どもふたりに大人ひとりでは対応に限界がある。

目を瞑って双子の背中をとんとんと叩き、自分の心も落ち着かせていると、大きな足音が地鳴りのように響いてはっとする。

開いた瞳に飛び込んできたのは、オレンジ色の制服を着たハイパーレスキュー隊員たちだった。

ぶわっと熱いものが込み上げて、一瞬にして視界が涙の膜で覆われる。

よかった、やっぱり助けがきた。

「とこ？　ぱぱ？」

桜子が私の肩をぽんぽんと叩く。

一緒に暮らすようになってから、橙吾さんをパパと呼ぶ機会を増やした。橙吾さんは『子どもたちの好きな方でいい』とこだわっていないが、言語能力の高い桜子はすでにパパと呼ぶようになってきている。

桜子の視線を辿った先にいたレスキュー隊員が、こちら目掛けて走ってきた。

「桃花！」

「……橙吾さん」

思わず両手を伸ばすと、橙吾さんはなんの迷いもなく私を抱き締めた。また勝手に涙が溢れてくる。

怖かった。両親のように子どもがいなくなったらと、想像するのを止められなかった。

「怪我はしていないか？　煙は？　意識ははっきりしているか？」

「紅汰と桜子は煙で目が痛いって」

「わかった。念のために病院へ連れていこう」

橙吾さんは身体から私を離すと、指の腹で涙を拭ってくれる。

「桃花は？」

「足をくじいた」

顔をしかめた橙吾さんはすぐさま足首に触れた。

「腫れて熱を持っている」

「まま、かあいそう」

桜子が心配そうに私の足を見つめている。

橙吾さんは双子を抱き締めて背中を優しく擦った。

「すぐおうちに帰れるからな。佐橋！　こっちに来てくれ！」

他の隊員と共に避難誘導にあたっていた男性が、呼ばれてこちらに駆けてきた。

この人が佐橋さん……。

想像していたより若くて、がっしりとしている。

「桃花が足首を捻挫しているんだ。担いでいくから――」

「えっと、こちらのご夫妻は？」

佐橋さんが手のひらを向けた先は、先ほど会話をした老夫婦だ。一緒にいたから知り合いだと勘違いしたのかもしれない。

そう思った矢先、橙吾さんが初めて聞くような大声を上げた。

「じいさん！　ばあさん！」

呼ばれた老夫妻は安堵しきった表情でいる。

「ああ、よかった。もうだめかと思った」

女性が胸に手をあてて涙声になると、男性は目を細めて小さく微笑む。

「まさかこんなところで、橙吾に会うとはな」

会話の流れから察しはついたが、この状況を信じられなくて橙吾さんに目配せをする。視線に気づいた橙吾さんはすでに冷静さを取り戻しており、落ち着き払った態度で老夫婦に手のひらを向けた。

「俺の祖父母だ」

橙吾さんのおじいさんとおばあさんだったなんて、こんな偶然、普通はあり得ない。

橙吾さんとの二度の再会といい、本当にご縁があるというか。

開いた口が塞がらなかったが、煙を吸い込んでしまって咳込んだ。

「桃花、ハンカチは？」

「子どもたちに」

「頑張ったな。もう大丈夫。桃花は俺が守る」

目の奥が熱くなって、涙が落ちないように唇をぎゅっと結ぶ。双子は橙吾さんに両手を伸ばして抱っこを求めた。

「とご」

「ぱぱ、あっこして」

紅汰に続いて桜子も甘えると、橙吾さんは片手ずつでふたりを簡単に抱き上げる。

「怖かっただろう。もうすぐ外に出られるからな」

ふたりは橙吾さんの胸に顔を埋める。三人のやり取りに別の涙が込み上げて堪えるのが大変だ。

「じいさんとばあさんは、歩けるか？」

私と同じようにして三人を見守っていた橙吾さんの祖父母が首を縦に振る。

「休憩していたから、歩ける」

「お年寄りと子どもを優先して避難誘導を始めている。向こうの隊員たちの指示に従ってくれないか」

「わかった」

おじいさんが頷いたのを確認後、橙吾さんはそばにいる隊員にふたりを頼む。

それにしても……形式的なものだけだが彼らとは親族だ。失礼がなかっただろうかと急速に不安が襲う。

「橙吾、近いうちに家に来なさい。そちらのお嬢さんと、子どもたちも連れて」

おじいさんは静かに告げると重い腰を上げた。おばあさんは杖を使ってふらつきながら立ち上がったあと、優しい笑顔を私に向ける。

「励ましてくれてありがとう」

「いえ、そんな」

距離感が掴めなくて、どういう態度を取ればいいのかわからない。急にかしこまるのも打算的だし、かといって気さくに会話をしていい相手ではない。

橙吾さんは双子を下ろすと、私の膝裏に手を差し込んでいきなり身体を持ち上げた。

「ひゃっ」

橙吾さんの首に腕を回して、落ちないようにしがみつく。

「佐橋、双子も歩けそうにない。頼んでいいか」

「了解です」

佐橋さんが軽々と双子を持ち上げて、私を横抱きにしている橙吾さんと並ぶ。

凄い。よろめいて捻挫した私とは次元が違う。

「行くぞ、佐橋」

「はい」

橙吾さんは祖父母へ顔を向けて「また連絡する」と、足早に移動をした。

無事に屋外へ出て安全な場所に避難し、怪我をしているので私と双子は病院へ搬送されることになった。

「橙吾さんありがとう。佐橋さんも、ありがとうございます」

「ご無事でなによりです」

佐橋さんは爽やかな笑顔を浮かべ、子どもたちとハイタッチをする。橙吾さんはその様子をちらりと見てから私と向き合った。

「助けに行くまで時間がかかって悪かった」

「ううん、そんなことない」

「これからも、俺が桃花を絶対に守るから」

カッコよくて頼もしい橙吾さんに抱きつきたくなってしまう。

それから橙吾さんたちは息つく暇もなく現場に戻っていった。

働いている姿を遠くから見たことはあったし、ハイパーレスキューがどんな仕事なのかも理解しているつもりでいた。しかし実際はもっと奥が深く、責任の重さは私には計り知れない。

こうして救助されて、彼らが市民の命を守るという重要な役割を担っているのだと、初めてほんの一部分だけ知れた気がする。

これまでは体力的に疲れている橙吾さんが十分に休めるよう、栄養ある食事と穏やかな時間を提供しようと心がけてきた。

でも、きっとそれだけじゃ足りない。プレッシャーなどで擦り減った心が癒えるようにするには、なにをしたらいいのだろう。

「ぱぱ、だいだい」

橙吾さんのうしろ姿が見えなくなったあとも、出入り口を眺めていた紅汰がにこにこ笑って呟く。

「橙色の服着ていたね」

思わぬ場所で会えて嬉しかったのかもしれない。可愛らしい息子の頭を撫でながら、はっとする。

「今、パパって言った？」

紅汰が口にするのは私が知る限りでは初めてだ。感動して空を仰ぎ、大きく深呼吸をした。

いけない。涙腺がおかしくなっている。

病院へ行ったり、車を引き取りに来たり、このあともやらなくてはいけないことがたくさんあるが、ひとまず全員無事でよかった。

橙吾さんも、怪我なく帰ってきますように。

祈るくらいしかできないけれど、橙吾さんを信じてどっしり構えよう。もしかしたらそれも私ができることのひとつなのかもしれない。

＊＊＊

商業施設での火災は、三階の電化製品売場からの出火によるものだと後にわかった。ちょうど私たちがいた場所が一番危険だったので、ハイパーレスキュー隊員たちも大勢やってきたそうだ。

足首の捻挫は二週間ほどでよくなり、双子は病院で処方された点眼薬を使用したらすぐに痛みは治まった。

インターネットでのニュース記事には、負傷者が数名いるものの死者はおらず、消防隊員たちの迅速かつ的確な対応に称賛の声が上がっている。

あれから三週間。私たちの関係性をきちんと説明してほしいと、おじいさんとおばあさん伝えに話がいった橙吾さんのご両親からの要望があり、ついに顔合わせの場を設けることになった。

梅雨前線が北上した六月頭の近頃は雨の日が多い。まだ梅雨入りは発表されていないが間もなくだろう。

今日も朝から雨がしとしとと街を包むように降っている。

橙吾さんの運転でポワッタビジューに寄り、ケーキを購入して宗宮家に向かった。

東京都心部の高級住宅街にある一軒家は、橙吾さんがひとり暮らしをするようになってから新しく建てられたそうで、橙吾さん自身も馴染みのない場所らしい。

「片手で数えられる程度しか来ていないから、実家ではなく他人の家みたいだ」

橙吾さんが自分と同じ感覚でいてくれているおかげで、仲間が増えたようで幾分緊張はほぐれた。

週に三度お手伝いさんが来ているらしいが、日曜日の今日はお休みだそうで、玄関で私たちを出迎えたのは橙吾さんの母親だった。

「雨の中大変だったでしょう。さあ、入って」

以前聞かされていた通り橙吾さんは母親似だ。

背が高くすらっとしていて、白のブラウスにサテン生地のロングスカートという服装は、洗練された雰囲気がある。

幾つくらいなのかな。肌もつやつやで年齢不詳だ。

何十人も集めたホームパーティーができそうな広いリビングで待っていた橙吾さんの父親は、これもまた印象的な人だった。

この例えで合っているのかわからないが、マフィアを牛耳っていそうな迫力と貫禄がある。

背格好は橙吾さんとほとんど変わらない。彫りが深い顔立ちに髭がとても似合っていて、白のシャツに黒のスラックスというシンプルさがダンディさを際立たせている。

橙吾さんも年を重ねたらこんなふうになるのかもしれない。

きちんとした服で来てよかった。私はネイビーのワンピースで、双子は白のポロシャツに、ストライプ柄のスカートとズボンを穿かせた。

橙吾さんはいつもと変わらない私服だが、そもそも普段からフォーマル感があるので普通に場に馴染んでいる。

おじいさんとおばあさんもいて、ふたりは普段着のゆったりとした装いでいる。おばあさんは私がリビングに入るや否や、手をひらひらと振って迎え入れてくれた。

わかりやすく好意的な人物がいるだけで不安が和らぐ。ありがたい。

「ご挨拶が遅れて申し訳ございません。桃花と申します。子どもたちは、紅汰と桜子です」

ふたりは異様な空気を敏感に感じ取っていて、玄関からずっと私のスカートを握りしめている。

ソファ席に案内されたが、双子が必死に身体のうしろに隠れようとするので座れない。

「すみません、しばらくこのままでいいですか？」

「かまわないよ。話は橙吾から聞いた。これまでひとりで大変だったね」

「いえ……」

お義父さんから声を掛けられて頭を左右に振る。

「桃花さんが萎縮していて可哀想だわ。さっさと話しちゃいなさい」

意外にもこの場を仕切っているのはおばあさんのようだ。お義父さんが咳払いをしてとりなす。

「これまでの経緯は、橙吾から聞かせてもらった」

双子の件もあるので、話がややこしくなるといけないから事前に説明していいかと橙吾さんから相談を受け、了承した。

橙吾さんのご両親の落ち着いた様子からして、きちんと話をしてくれたみたいだ。

「私たちが橙吾に圧をかけていたせいで、もう誰とも結婚しないのだろうと諦めていたんだ」

私のすぐそばのソファに腰掛けた橙吾さんが、太腿の上で両手を組んで小さく息をつく。それに反応して、みんなの視線が集まったところで橙吾さんは口を開いた。

「桃花を愛しているんだ。誰になにを言われようと彼女と一生を共にする。子どもたちも含め、俺がこの手で幸せにする」

反論など受け付けないという強さを滲ませた声音だった。

「橙吾と話をしていて、ふたりが尊敬し合っているのがわかったし、軽い気持ちで一緒にいるわけじゃないのはきちんと理解した」

静かに語る声音に重々しさが滲んではいるが、内容は好意的と受け取ってよさそうに感じる。

「仕事にかんしてはまだ三十五だから、うちに転職してくれると助かるが、それもないだろう」

「当たり前だ」

橙吾さんの低くはっきりした声にも、お義父さまは表情を変えない。

橙吾さんがいつも威風堂々としているのは、父親の背中を見て育ったからだと納得する。ふたりは雰囲気がそっくりだ。

「消防士になるとき、交換条件で政略結婚をしろと言ったのは、橙吾がうちの会社にまったく興味を持たない現実を認められず、売り言葉に買い言葉みたいになってしまったんだ」

ソウミヤホールディングスの社長である人なのだ。仕事に誇りを持っているはずだし、自分の息子が跡を継がないことに対して悩みはたくさんあったのではないだろうか。

ふたりの顔を交互に見たが、どちらも感情が読み取れない。

「……橙吾が元気でやっているならそれでいい。こんなに可愛い孫たちを連れてきてくれて、反対する馬鹿な親はいない」

それは、私たちを認めてくれると受け取っていいんだよね？

まだ半信半疑でいると、橙吾さんが私を見上げてふっと笑う。それから顔を正面に戻してご両親を見据えた。

「ありがとう、父さん。母さんも」

「ありがとうございます」

頭を深々と下げて、ゆっくりと上げると、みんなが表情を緩めた。

これまで双方に反発があったにしろ、橙吾さんが家族にとても愛されているのがわかる。

「桃花さん、火災のときとっても優しかったの。桃花さんみたいな素敵な人が橙吾のお嫁さんなら、安心してあの世へ行けるわ」

「それはよかった。冥途の土産になったたな」

「ちょっと、橙吾さん」

さすがに聞き流せなくて突っ込むと、おじいさんが愉快気に「はっはっは」と笑う。

きっとこれが彼らの日常なのだ。

和やかな雰囲気になり、お義母さんがケーキを皿にのせてテーブルに並べる。手伝おうとしたが、「今日は桃花ちゃんが主役だから」ときっぱり断られた。

各々が好きな珈琲や紅茶も運ばれ、双子にはりんごジュースが用意される。

子どもたちにジュースを飲ませるのは体調が悪いときと、こういった特別な日だけ。

「こうくん、さーちゃん、ジュースあるよ。あと、クッキーも食べる？」

「ちゃべる」

「こーくん、くっきー、すき」

ずっと身をひそめていた紅汰と桜子がようやくソファに座った。

「可愛いわねぇ。このままうちに住む？」

「まだ冗談が通じないからやめてくれ。怖がる」

「あら、ごめんね」

お義母さんは双子に釘付けになっている。初孫だし、息子に似ているとなれば相当可愛いに違いない。

「このケーキは、桃花さんが作ったのか？」

お義父さんは甘党らしく、誰よりも速くフォークを口に運んでいる。

嬉しい。お邪魔するときはケーキを必ず持っていこう。

「さっきお店に寄ってきたので、これは同僚が作ったものです。すみません。でも、全部私が商品化したケーキです」

「桃花さんが？　へえ、凄いな」

親しげに接してもらえるので、ソウミヤホールディングスの社長なのを忘れそうになる。

少しだけ緊張が解けた双子を中心にして和やかなやり取りが進んでいたところに、来訪を知らせるインターフォンが鳴った。

モニターを確認したお義母さんが「あらっ」と驚いた声を上げる。

「橙吾、奈緒ちゃんも呼んだの？」

「は？」

たったひと言だが、地を這うような低い声にびくっとして動きを止めた。橙吾さんはお義母さんの横に並んで通話ボタンを押す。

「なんの用だ」

「……橙吾？　帰ってきているの？」

「用件を教えてくれ」

「おばさまとおじさまが好きそうなチョコレートが手に入ったから、お裾分けしに来たの」

山科さんの声は弾んでいて機嫌がよさそうだ。

「わざわざ悪いな。でも今ケーキを食べているからいらない」

「ケーキってどこの？　私も一緒に食べたいから、お邪魔していい？　……おばさま？」

　橙吾さんが拒絶をするので、山科さんは通話の相手をお義母さんに変えようとした。そこで橙吾さんがインターフォンをぷつりと切る。

「父さん、奈緒について話がある」

　表情を引き締めてお義父さんの正面に腰掛けた橙吾さんは、私たちがすれ違うきっかけになった山科さんの行動と、再会後も興信所まで使って接触してきたことを、多少脚色してみんなの前で話した。

「みんながあいつを甘やかすから、やりたい放題なんだよ」

「まったく知らなかったわ。奈緒ちゃんが橙吾と付き合っていたって話していたから、またふたりがやり直すんじゃないかって期待していたの」

「虚言癖もありそうだな」

　お義母さんは驚愕の色を浮かべ、お義父さんは眉間に皺を寄せて唸った。

「山科家に援助するのをやめてもらえないか。あいつが俺にこだわるのは、結局そこなんだよ。山科家が傾いているから、ソウミヤホールディングスに支えてもらいたいんだ」

　山科さんの存在は気になっていて、幼馴染以外でどういう関係性でいたのかずっと聞きたかった。しかし過去や現在に親密さを示唆する出来事があったら嫌なので、それなら知りたくないと思っていた。

　男女の関係がないとわかり胸を撫で下ろす。

「奈緒ちゃんのことがなくても、山科家とは長い付き合いだから、いきなり手を切るような真似はできない」

　強い意志を滲ませる口調だ。私は唾をごくりと飲み込んだが、お義父さんを見据える橙吾さんの鋭い目つきはまったく変わらない。

　一触即発の状況で、廊下から物音がした。不思議に思って様子をうかがうとリビングの扉が開き、渦中の人物がにこやかな笑顔で現れてぎょっとする。

「誰が入ってきていいと言った。不法侵入だ」

　真っ先に口を開いた橙吾さんの声は、これまでに聞いたことがないほど低く凄みがあった。

「そんな怖い顔しないでよ。私たち家族みたいなものじゃない」

　どこまでも肝が据わっている山科さんはこの異様な空気に気づいていないのか、口調も態度ものんびりとしている。

　橙吾さんは表情から色をなくすと、山科さんに向けていた顔をこちらに戻す。山科さんはどこに座るか迷っているのかきょろきょろし始めた。

「奈緒はこの前、紅汰を押し倒そうとした」

私が住んでいたマンションの駐車場での出来事だ。実際はすんでのところで橙吾さんが避けたから、紅汰に危害を加えようとしたと断定はできないのだけれど。

「こんな小さな子に、手を出そうとしたのか？」

静観していたおじいさんが低く落ち着いた声を出す。

「誤解よ。嘘つかないでもらえる？」

山科さんは何故か私に厳しい視線を送ってきた。

「黙れ。それからもうひとつ。桃花の勤め先であるケーキ屋に、圧力をかけていた」

みんなの注目を浴び、緊張感に包まれてフォークを皿に置いて居住まいを正した。

「ヤマシナの社名と社長令嬢の立場を使って、卸業者にポワッタビジューとの取引を打ち切らせたんだ」

「ケーキ屋さんはどうなったの？」

お義母さんの表情に影が差していて、事態を深刻に受け止めているのがわかった。

「今度は俺が圧力をかけて、取引停止の撤廃をさせた。だから営業に支障は出なかった」

いつの間にか口が開いているのに気づき慌てて引き結ぶ。

取引再開とはなったが、社員たちでのリモート会議は一応開かれた。その際に店長は、卸業者が詳細について頑なに口を割らないかわりに、これまでより安価で仕入れられるようにしてくれた、と複雑な面持ちで説明をしていた。

裏で大手企業二社の個人的な思惑が働いたとなれば、それは公にできないよね……。

「どうやって？　橙吾にそんな力はないでしょう？　嘘ばっかりじゃない」

山科さんは自分の悪事が露呈しないと高を括っているのか、どこまでも堂々とした態度だ。

「商品開発部に同級生がいる。高校生の頃、そいつは俺がソウミヤホールディングスの息子だと知るや否や、会社の事業について調べ、いいところだからここに就職すると宣言した、変わった奴だ」

淡々と語る橙吾さんにみんな集中している。

交友関係は佐橋さんしか知らないので、私はそちらの方も気になった。

「開発についてこれまでに何度も助言していて、同級生の上司たちも俺の存在は知っている」

「各開発部門の部長たちが、知っているだと？」

お義父さんの物々しい雰囲気に内心はらはらする。

大丈夫なのかな、こんなことを打ち明けて。

「俺がしたことを、友人の手柄にするのは不公平だろう？　人事評価に影響が出るし、他の社員にも失礼だ。安心してくれ、さすが社長のご子息だと、大いに褒められたよ。父さんの株は陰で上がっているから」

お義父さんが気にしているのはそこではないはずだ。しかしうまく論点をすり替えたおかげで、お義父さんの態度がわかりやすく軟化した。

「人脈はあるし、多少なりとも力もある。父さんがやらないなら俺が手を回す。ヤマシナはもう何年も業績不振で、代わりになる企業はすでにピックアップ済みだ」

橙吾さんを取り巻く環境のスケールが並大抵ではなくて、いろいろと聞きたいのに、どう突っ込んでいいのかすらわからない。

知らないところで私を守っていて、しかも機会がなければ内緒にしたままだったはず。いくらなんでもカッコよすぎるよ。

「ちょっと待って。ヤマシナの代わりってなに？」

これまでうんざりした顔で立ったままだった山科さんが、急に焦った声を張り上げた。

そっか、山科さんは途中から入ってきたから、援助打ち切りの部分は聞いていないんだ。

「金輪際、ソウミヤホールディングスはヤマシナへかかわらない。おまえもだ。二度と宗宮家の敷居を跨ぐな」

口を挟む暇を与えず、淡々と決定事項として山科さんに伝える橙吾さんの威圧感が強い。

「跡継ぎでもないくせに、橙吾になにができ――」

さすがの山科さんも橙吾さんの強靭な態度に顔を青くさせはしたが、負けまいと吐き捨てようとしたところで、開けっ放しになっていた扉の向こうから四十代くらいの男性が入ってきた。

「お嬢さま、お戻りください」

開口一番の声には落ち着きがあり、男性の丁寧な所作も相まって見惚れてしまう。

状況から判断するに、以前橙吾さんとの話題に上がっていた山科家の秘書だろう。

「おまえが来たタイミングで、彼に電話を繋いでおいた。会話の流れで察して、わざわざ迎えにきてくれたんだ。よかったな」

「いつの間に……」

男性はお義父さんに向き直って深々と腰を折る。

「この度は申し訳ございませんでした。山科家としての正式な謝罪は、後日改めて行わせていただくと、旦那さまより言付かっております」

「お父さまが……？」

男性の言葉を聞いて、山科さんは微かに声を震わせた。

父親が動いたことで、さすがに事態の深刻さに気付いたのだろう。

今度は山科さんに身体を向けた男性は、厳しい眼差しで口を開く。

「今回ヤマシナの名を著しく貶める行為をしたこと、さすがに看過できないと、旦那さまはお怒りです。相応の覚悟をなさいますように」

意気消沈してその場に力なく座り込んだ山科さんに声を掛ける人間は誰もおらず、浮かべている表情は様々だ。

男性秘書に抱えられるようにして玄関に向かった山科さんの背中を見送ったあとのリビングでは、しばらく誰も口を開かなかった。

台風のような人だ……。

私はなにもしていないのに、目まぐるしい出来事を目の当たりにして、ドッドッと太鼓を打ち鳴らしているかのように心臓が鳴っている。

「こういう経緯なら、仕方がないな……」

重い溜め息を吐いたお義父さんは、しれっと箱に残っているケーキを取り出す。

余分に持ってきてよかった。

ここまでわかりやすくケーキへの情熱を持っている人とのかかわりがないので、パティシエのやりがいを感じさせてもらえる。

「橙吾たちが帰ったら、私からも山科さんに電話するよ。こっちで解決させるから安心してほしい。桃花さん、迷惑をかけて悪かったね」

恐縮して頭を下げる。

「奈緒さんのお父さまとは、親交が深いんですよね？　こちらの問題のせいで……」

「それとこれとは別だ。子どもの尻拭いくらいで、私たちは壊れる仲ではないよ」

はっきりとした口調だ。私がこれ以上どうこう言う立場でもない。

「これでいろいろな問題はなくなったかしら」

お義母さんの疑問に橙吾さんは頷く。

「これからはいっぱい遊びに来て。子どもの成長は早いから、たくさん顔を見せてほしいわ。橙吾、あなたもよ」

一見、ただの凛とした微笑みなのに、身が引き締まるような威圧感がある。

宗宮家の人たちはみんな正直で、まっすぐで、強さがある。素敵な人たちだ。

私もいつか一家団欒ができるような、かけがえのない家族を作りたい。

甘いもので満たされた双子が場所見知りを落ち着かせ、広い部屋を走り回り始めた。

あちこちで湧く笑い声を心地よく感じながら、私もようやく肩から力を抜いた。


マンションに戻ってすぐ姉が訪ねてきた。宗宮家に挨拶に行く旨を伝えていたので
ずっと心配だったらしい。

活発で社交的な性格だが、物事を深く考えすぎるところは私と似ている。

うまくいった報告をすると、姉は安堵してソファに全体重を預けた。

「よかったぁ。ただの一般人じゃないもの。あのソウミヤホールディングスの社長さ
んだから、気が気でなかったよ」

だらりと気抜けした姉の前に、橙吾さんは珈琲を入れたマグカップを置く。

「ご心配をおかけしてすみませんでした」

「いえいえ、橙吾さんは謝らないでください。珈琲もらいますね」

まだ数えるほどしか会っていないのにもかかわらず、姉は橙吾さんへの遠慮がない。

おかげで私も変に気を使わないでいいので過ごしやすい。

「もったいぶるものでもないし、早苗さんがいた方がいい気がするから」

橙吾さんはよくわからないことを口走ると、リビングチェストからなにかを取り出した。手にしている箱を見てすぐに察しがつく。

結婚指輪を購入したのだが、足首の捻挫もあり店舗に行く余裕がなく、インターネットのカタログで気に入ったデザインの指輪を選び、橙吾さんに買いに行ってもらった。

刻印をして手もとに届くのがそろそろだと聞いていたから、実は数日前から毎日まだかまだかと楽しみにしていたんだよね。

「なぁに⁉」

桜子が遊んでいたぬいぐるみを放り投げ、満面の笑みで駆け寄ってきた。

「ママが一番に見るんだよ」

別にいいのに、と思いはするけれど、大事な部分で子どもより私を優先してくれる姿に頼もしさを感じてまた好きになる。

目を輝かせている桜子の前で手渡された箱の蓋を開ける。

「きゃー！　ちれーい！」

きらきらしたものが好きな桜子がお気に召したようだ。

「ままのなの？」

「そうだよ。もうひとつはパパのだ」

すかさず橙吾さんが答える。紅汰もいつもと違う空気を感じ取ったらしく、不思議そうな顔で指輪を覗き込みに来た。

「つけ合いっこしたら？」

ソファで寛ぎながら様子を見守っていた姉は満面の笑みでいる。

「そうしようか」

橙吾さんが小ぶりの方を掴んだので私はもう片方を取る。指輪をはめてもらい、続いて私が橙吾さんの指にはめた。

なんとも言えない感情の波が打ち寄せて胸がいっぱいになる。

泣きそうだ。妊娠出産を経験して以来かなり涙脆くなっている。でも双子が心配するから泣けない。

「さーちゃもほしー」

どうにか涙が落ちるのを堪えて天井を仰いで幸せを噛み締めている私の耳に、明らかに不満を露わにしている桜子の声が届いてすーっと波が引いていく。

「そうだよね、ほしいよね」

「これはあげられないから、桜子は違うのを買おう」

私の発言のすぐあとに橙吾さんが提案をした。

「いま？」

桜子は橙吾さんの腕に両手をちょこんとのせて上目遣いをする。

「駄菓子屋にあるか？」

橙吾さんに苦笑しながら聞かれて、「たぶん」と答える。二百円くらいでおもちゃの指輪が売られているはずだ。

「あとで買いに行こう。紅汰も好きなの買っていいぞ」

にたぁっと笑った紅汰は遠慮がちに橙吾さんに抱きついた。それを見た桜子が張り合うように橙吾さんに両手を回す。

私が抱きつきたいのだけれど。

「取られちゃったね」

私の心を読んだ姉が、あはは、とおかしそうに笑う。

あとで子どもたちが昼寝をしたときに、めいっぱい甘えよう。

薬指で光る美しい指輪を眺めながら強くそう決心した。

私たちの出会いと二度の再会は、偶然ではなく必然だったと思っている。そしてそのすべてで橙吾さん自らが動いてくれたから、通り過ぎることなく互いの人生を交わらせることができた。

たくさん間違えたし、遠回りをしたけれど、この先はふたりで大切な時間を過ごしたい。

つらい出来事もあるかもしれない。それらも一緒に抱えて、家族のものとして共有していければ怖いものなんてなにもないはずだから。

この幸せを橙吾さんと分かち合い、愛に満ちた日々が続くことを私は心から願っている……。

END

あとがき

俺、佐橋祐輔《ゆうすけ》が尊敬してやまない職場の先輩である橙吾さんの様子が最近おかしい。

休憩中の今もスマートフォンと睨めっこをして、ひとりでにやついている。

「また双子ちゃんの写真ですか？」

二十四時間勤務体制により二日おきにしか会えないので、顔を見られないときは桃花ちゃんが送ってくれるそうだ。

「いや、桃花が浴衣を買うらしく、どっちが似合っているかって相談されて」

「へー、いいですね、浴衣姿。見せてくださいよ」

桃花ちゃんは美人なので目の保養になる。

なんとはなしにお願いしたのだが、橙吾さんは気難しい表情になって動きを止めた。

「悪い、それはできない。俺以外の男の目に触れさせたくないんだ」

「あ、それなら大丈夫です」

生真面目に言うあたりが、だいぶやばい。橙吾さんは大真面目なんだよな。……まあ、仏頂面でいられるよりかはいいか。破局したときの橙吾さんは、憔悴しきっていて見ていられなかったくらいだし。

苦笑しながら、桃花さんの写真を優しい眼差しで眺める橙吾さんを見守った。

陰ながらふたりを応援していた佐橋に登場してもらいました。

読者さまお久し振りです。おかげさまで五冊目のベリーズ文庫となりました。

デビューしてからは六年が経ち、細々ではありますが書き続けることができて嬉しいです。

私には小学校低学年と幼稚園の子どもがふたりいるのですが、三歳前後の発語がどんなだったか動画を見返しながら書き進めるシーンも多く、思い出に浸って、もう幼児期の子どもたちには会えないのだとしんみりしたりしていました。そのときの感情は、別れたふたりの心情に反映できたと思います。たぶん。

華やかな表紙絵を描いてくださったｒｅｒａ先生、担当の編集さんをはじめ本書の制作にご尽力いただいたすべての皆様にお礼申し上げます。そして今作を手に取ってくださった読者さまに、心から感謝しております。

花木《はなき》きな

花木きな先生への
ファンレターのあて先

〒104-0031
東京都中央区京橋1-3-1
八重洲口大栄ビル7F
スターツ出版株式会社　書籍編集部　気付

花木きな先生

本書へのご意見をお聞かせください

お買い上げいただき、ありがとうございます。
今後の編集の参考にさせていただきますので、
アンケートにお答えいただければ幸いです。

下記URLまたは二次元コードから
アンケートページへお入りください。
https://www.ozmall.co.jp/enquete/IndexTalkappi.aspx?id=2301

ベリーズ文庫

迎えにきた強面消防士は
双子とママに溺愛がダダ漏れです

2025年5月10日　初版第1刷発行

著　者　花木きな
©Kina Hanaki 2025

発行人　菊地修一

デザイン　カバー　アフターグロウ
フォーマット　hive & co.,ltd.

校　正　株式会社文字工房燦光

発行所　スターツ出版株式会社
〒104-0031
東京都中央区京橋1-3-1　八重洲口大栄ビル7F
TEL　03-6202-0386（出版マーケティンググループ）
TEL　050-5538-5679（書店様向けご注文専用ダイヤル）
URL　https://starts-pub.jp/

印刷所　株式会社DNP出版プロダクツ

Printed in Japan

ISBN 978-4-8137-1742-3　C0193

ベリーズ文庫 2025年5月発売

『「絶対結婚しない」と言った天才脳外科医から溺愛プロポーズなんてありえません！』滝井《たきい》みらん・著

学生時代からずっと忘れずにいた先輩である脳外科医・司に再会した雪。もう二度と会えないかも…と思った雪は衝撃的な告白をする！　そこから恋人のような関係になるが、雪は彼が自分なんかに本気になるわけないと考えていた。ところが「俺はお前しか愛せない」と溺愛溢れる司の独占欲を刻み込まれて…!?

ISBN978-4-8137-1738-6／定価847円（本体770円＋税10%）

『愛の極～冷徹公安警察は愛なき結婚で激情が溢れ出す～【極上の悪い男シリーズ】』麻生《あそう》ミカリ・著

父の顔を知らず、母とふたりで生きてきた瑛奈。そんな母が病に倒れ、頼ることになったのは極道の組長だった父親。母を助けるため、将来有望な組の男・翔と政略結婚させられて!?　心を押し殺して結婚したはずが、翔の甘く優しい一面に惹かれていく。しかし実は翔は、組を潰すために潜入中の公安警察で…！

ISBN978-4-8137-1739-3／定価814円（本体740円＋税10%）

『冷血CEOにバツイチの私が愛されるわけがない～偽りの関係のはずが独占愛を貫かれて～』未《み》華《はな》空《そら》央《お》・著

夫の浮気が原因で離婚した知花はある日、会社でも冷血無感情で有名なCEO・裕翔から呼び出される。彼からの突然の依頼は、縁談避けのための婚約者役!?　しかも知花の希望人事まで受け入れるようで…。知花は了承しニセの婚約者としての生活が始まるが、裕翔から向けられる視線は徐々に熱を帯びていき…！

ISBN978-4-8137-1740-9／定価814円（本体740円＋税10%）

『すれ違いだらけだった私たちが、最愛同士になれますか？～孤高のパイロットは不屈の溺愛でもう離さない～』蓮美《はすみ》ちま・著

美咲が帰宅すると、同棲している恋人が元カノを連れ込んでいた。ショックで逃げ出し、兄が住むマンションに向かうと8年前の恋人でパイロットの大翔と再会！　美咲の事情を知った大翔は一時的な同居を提案する。過去、一方的に別れを告げた美咲だが、一途な大翔の容赦ない溺愛猛攻に陥落寸前に…!?

ISBN978-4-8137-1741-6／定価814円（本体740円＋税10%）

『迎えにきた強面消防士は双子とママに溺愛がダダ漏れです』花木《はなき》きな・著

桃花が働く洋菓子店にコワモテ男性が来店。彼は昔遭った事故で助けてくれた消防士・橙吾だった。やがて情熱的な交際に発展。しかし彼の婚約者を名乗る女性が現れ、実は御曹司である橙吾とは釣り合わないと迫られる。やむなく身を引くが妊娠が発覚…！　すると別れたはずの橙吾が現れ激愛に捕まって…!?

ISBN978-4-8137-1742-3／定価825円（本体750円＋税10%）